Erzählungen von damals

Samenkorn e.V.

Margarete Lenk

Siegmund

Samenkorn e.V.
Christlicher Bücher- und Liederverlag
Liebigstr. 8,
33803 Steinhagen, Germany

1. Auflage 2006

Christlicher Bücher- und Liederverlag
Liebigstr. 8, 33803 Steinhagen, Germany

Korrekturen:	A. Daiker, N. Hildebrandt, H. Penner
Umschlag	I. Schulz / A. Fast
Zeichnungen	Irina Schulz
Satz:	Samenkorn e.V.
Druck und Bindung:	C.H. Beck, Nördlingen
ISBN	3-936894-25-6

Vorwort
zu „Erzählungen von damals“

Im Jahre 2002 wurde von dem Verlag „Samenkorn“ die Bücherreihe „Erzählungen von damals“ ins Leben gerufen. Es ist eine Sammlung von guten, alten, christlichen Geschichten, die uns über Gottes wunderbare Führungen und Wege im Leben der Kinder und Erwachsenen vor vielen Jahrzehnten berichten. Diese Bücher fanden eine Anerkennung unter den Lesern und weckten bei vielen das Interesse, diese Reihe mit anderen alten Büchern zu ergänzen.

Immer wieder werden an den Verlag alte Bücher mit vergilbten Blättern und handgeschriebenen Schriften zugeschickt. Den Besitzern sind diese Schriftstücke meistens sehr wertvoll und von großer Bedeutung. Sicherlich haben diese Werke so manchem Leser zur Belehrung oder Erbauung gedient. Auch heute verbergen sie die gleiche Kraft und Wirkung in sich. Deshalb ist es viel zu schade diese Schätze zu vergraben.

Ein Dankeschön für jeden Leser, der diese Arbeit beim Herausgeben von neuen „alten Büchern" unterstützt hat! Auch ein herzliches Dankeschön für ein jedes Päckchen mit den wertvollen Schriften. Vielen Dank auch für jeden Rat, jede Ermutigung und jede Kritik!

Die Bücherreihe „Erzählungen von damals" soll auch in Zukunft ergänzt werden. Wir hoffen, dass die Leser dieses Vorhaben weiterhin unterstützen und uns bei der Suche nach weiteren wertvollen, segensreichen Schriftstücken helfen werden.

Wenn Sie inhaltsreiche, gute Bücher oder handgeschriebene Manuskripte zu Hause haben, melden Sie sich bitte bei:

Samenkorn e.V.
Christlicher Bücher- und Liederverlag
Liebigstr. 8
D-33803 Steinhagen
Tel. 0 52 04 – 88 80 04
Fax 0 52 04 – 88 80 05

Lasst uns beten, dass diese Arbeit und die Bücher für viele Menschen zum Segen werden!

Fast zweihundert Jahre waren vergangen, seit der Heiland vom Himmel gekommen war, um die Welt zu erlösen. Als ein armes Kindlein hatte Er in der Krippe gelegen. Später ist Er durch das Land Palästina gezogen. Überall hatte Er Segen spendende und unaussprechlich herrliche Worte geredet. Endlich ist Er am Kreuz für uns alle gestorben. Glorreich ist Er wieder auferstanden und gen Himmel gefahren.

Dann waren seine Apostel in die Welt ausgegangen, um allen bekannten Völkern das Evangelium zu predigen. Alle, mit Ausnahme des Johannes, mussten ihr Leben um Christi Willen hingeben, denn viele grausame Verfolgungen ergingen über die Gläubigen. Aber das Blut der Märtyrer war der Same der Gemeinde! Im ganzen weiten römischen Reich bildeten sich Christengemeinden und viele Tausende fanden die Seligkeit im Glauben an den Heiland der Welt.

Aber in die dichten Wälder unseres lieben deutschen Vaterlandes war damals noch kein Bote des Heils gedrungen. Die starken, urkräftigen Völker, die dort wohnten – die so genannten Germanen – kämpften gewaltig gegen die Eroberungssucht der Römer und hielten fest an ihren alten Göttern. Doch begnügten sie sich nicht mit der Verteidigung ihrer alten Grenzen, sondern wagten auch oft Ausfälle in römisches Gebiet, um dem mächtigen Feind Schaden zuzufügen und Beute zu gewinnen.

Gegen Ende des zweiten Jahrhunderts nach Christi Geburt herrschte der Kaiser Markus Aurelius über das römische Reich. Obwohl dieser von Natur aus friedliebend war, musste er jahrelang gegen die Markomannen Krieg führen. Das war ein mächtiger deutscher Volksstamm, der nördlich von der Donau, etwa in der Gegend, die man jetzt Böhmen und Mähren nennt, wohnte. Von nördlichen Völkern hart bedrängt, brachen sie immer von neuem über den großen Strom. Sie fürchteten nicht das Eis des Winters und auch nicht die Glut der Sonne. Als die Römer einmal einige Löwen auf ihre andringenden Scharen hetzten, hielten sie sie für große Hunde und schlugen sie lachend mit ihren Keulen tot.

Aber endlich siegte doch die Kriegskunst und Klugheit der römischen Feldherren. In einer langwierigen, blutigen Schlacht wurden die tapferen Germanen völlig besiegt. Viele wurden gefangen genommen und die übrigen jagte man in die Flucht. Die Niederlage war so groß, dass der Kaiser hoffte, diesen Feind für immer besiegt zu haben. Darum hielt er bei seiner Rückkehr nach Rom einen großartigen Triumphzug.

Vor seinem prächtig geschmückten Siegeswagen schritten in langer Reihe die edlen Gefangenen aus dem überwundenen Volk: Männer, Frauen und Kinder. Unter den Letzteren befand sich ein bildhübscher, etwa zehnjähriger Junge. Das anliegende Wams von Widderfell ließ den kräftigen und doch zierlichen Bau seiner Glieder wohl erkennen. Langes, goldenes Haar fiel in leichten Wellen auf die Schultern herab. Selbst der bittere Jammer hatte das Rot seiner Wangen nicht ganz auslöschen können. Doch seine herrlich blauen Augen schauten unendlich traurig, wenn er sie aufschlug, um einen raschen Blick auf die unbekannte Gegend zu werfen. Dann schaute er wieder trauernd zu Boden. An den Straßen, die der glänzende Zug durchmarschierte, stand das Volk dicht gedrängt, um sich des Sieges zu freuen. Selbst vornehme Frauen waren vor die Türen getreten, da das römische Haus keine Fenster zur Straße hatte.

Unter diesen Frauen war Klaudia, die Ehefrau eines tapferen Feldhauptmanns. Stolz erhobenen Hauptes begleitete er an der Spitze seiner Schar den Triumphwagen und nickte ihr im Vorüberziehen freundlich zu. Aber das Lächeln, das sein Gruß auf ihre Lippen brachte, verschwand schnell wieder. Und noch ehe der glänzende Zug vorüber war, ließ sie sich von der alten Dienerin in die inneren Gemächer zurückführen. Dort warf sie sich auf ein Ruhebett. Die Erfrischungen, die man ihr anbot, wies sie ungeduldig zurück und versank in tiefes Nachdenken.

So fand sie der Hausherr, als er nach einigen Stunden in das Gemach trat, nachdem er die Rüstung mit einer weißen Tunika aus feinem Wollstoff vertauscht hatte.

„Sei mir gegrüßt, Geliebte!“, sprach er freundlich. „Hat dich der Anblick des Siegeszugs ein wenig erheitert?“

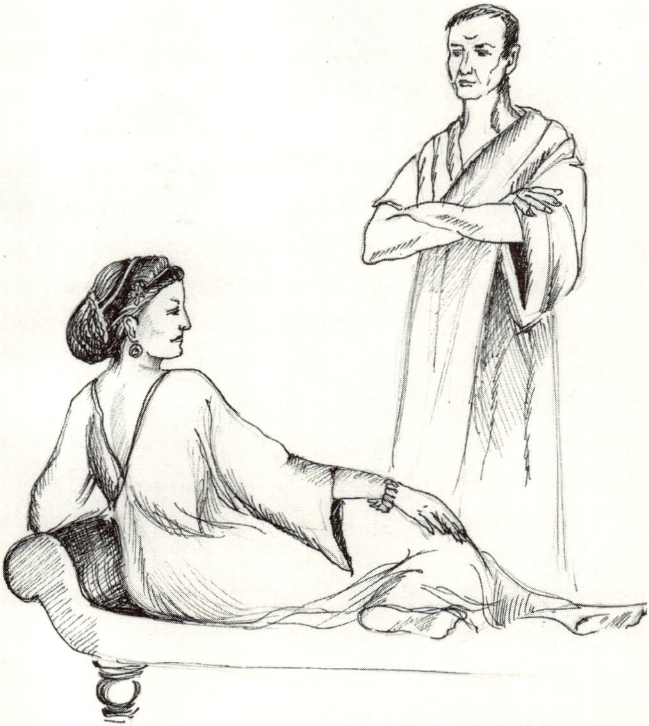

„Nichts kann mich erheitern“, erwiderte sie leise. „Umgib mich mit aller Pracht der Welt, lass mir die schönsten Blumen blühen und die süßesten

Früchte reifen. Es hilft mir alles nichts, wenn du mir meinen Sohn nicht wiedergeben kannst."

„Oh, wenn ich es könnte!", seufzte der Mann. „Aber was die bleiche Todesgöttin einmal genommen hat, das hält sie fest. Es ist unrecht gegen den Willen der Götter zu murren."

„Nein!", fuhr die Frau heftig auf. „Unrecht war es von den Göttern, dass sie mir mein liebes Kind nahmen! Habe ich ihnen nicht reichlich geopfert? Habe ich nicht ihre Altäre geschmückt und ihre Bilder bekränzt? Und so lohnten sie es mir! Seitdem zweifle ich an ihrer Macht und auch an ihrer Güte."

Der Mann schwieg eine Weile. Dann sagte er liebevoll: „Gibt es denn wirklich nichts, was dich erfreuen könnte? Was es auch immer sei, ich will es dir beschaffen. Denn ich kann dich nicht mehr so unglücklich sehen."

„Nun wohl! Etwas gibt es wonach mein Herz verlangt. Doch was gilt das schon? Du wirst es mir ja doch verweigern."

„Niemals!"

„So höre! Im Triumphzug sah ich einen herrlichen germanischen Jungen. Dieser traurige Blick traf mein Herz. Gib ihn mir zum Diener und zum Spielzeug, so wird meine Trauer gelindert!"

„Wie? Hat dieser blutige Krieg nicht unzählige Kinder unseres edlen Volkes des Vaters beraubt? Wähle dir eins von diesen aber nicht den Barbarensohn."

„Sagte ich nicht, du würdest mir die Bitte abschlagen? Es nützt nichts mit dir zu reden!"

„Aber bedenke doch: Der Fremde versteht deine Sprache nicht! Seine rohen Sitten werden dich abstoßen."

„Er ist nicht roh! Edel und königlich war seine Haltung. Unsere Sprache will ich ihm bald beibringen. Bringe ihn hierher, oder überlass mich meinem Elend! Das ist mein letztes Wort!"

„Also komm! Lass uns auf den Platz gehen, wo man die Gefangenen verteilt und suche dir dort deinen Liebling aus."

„Das ziemt mir nicht! Man soll alle die Jungen herbringen, die etwa zehnjährig sind. Sobald ich ihn sehe, erkenne ich ihn wieder."

Ohne zu antworten, verließ der Mann den Raum. Er sagte einige Worte zu einem Haussklaven und ging dann nachdenklich in dem Säulengang auf und ab, der den mit Gartenanlagen geschmückten Hof umgab.

„Welcher Einfall, ein Germanenkind zur Erheiterung ins Haus zu nehmen!", sprach er vor sich hin. „Und doch! Wenn sie nur wieder froh wird, soll mir alles recht sein. Wer weiß, wie bald sie das Spielzeug wieder wegwirft! Bei eigensinnigen Frauen jagt eine Laune die andere."

Der Abend brach schon herein, als die kleine Schar der gefangenen Kinder der Herrin zur Auswahl im Hof aufgestellt waren. Neubelebt überflog sie mit raschem Blick die Reihe und zeigte auf den Erwählten.

„Dieser ist es“, sprach sie zu dem Haushalter. „Sorge dafür, dass er gebadet, gut gekleidet und gespeist wird. Man gebe ihm ein weiches Lager und bringe ihn morgen in meine Gemächer.“

Siegmund, der Sohn eines germanischen Fürsten (das heißt, eines Herrn über ein Gau – etwa hundert Familien), ließ in stummer Haltung alles mit sich machen. Seit er den geliebten Vater im Streit fallen sah und im Gewühl des Rückzuges von Mutter und Schwesterlein getrennt worden war, meinte er, dass es für ihn kein Glück mehr auf Erden gäbe. Sein einziger Wunsch war, schnell groß zu werden und der Gefangenschaft zu entfliehen. Er wollte seine Volksgenossen wieder erreichen und im Kampf gegen die Römer sterben.

Von den guten Speisen, die man ihm anbot, genoss er nur ein wenig zur Stillung des nagenden Hungers. Das weiche Lager netzte er mit tausend Tränen und träumte, er läge wieder auf dem Wolfsfell am Herdfeuer der trauten, doch längst verlassenen Heimat. Am Morgen wurde er in eine weiße, feine Tunika gekleidet. Man legte Goldspangen um seine Arme und salbte sein Haar mit duftendem Öl. So wurde er zu der Herrin gebracht, um ihr kleiner Diener und ihr Spielzeug zu sein. Zu dem Ersten erwies er sich als willig und tat alles, was sie durch Zeichen von ihm forderte. Aber ein Lächeln konnte sie ihm nicht entlocken. Er wollte ihr auch die Worte, die sie ihm vorsagte, nicht nachsprechen.

Manche Frau hätte wohl die Geduld verloren und das widerspenstige Spielzeug weggeworfen.

Klaudia aber war gewohnt, alles zu erreichen, was sie sich einmal vorgenommen hatte. Die Schönheit des Jungen, seine edle Haltung, die tiefe Trauer, die aus seinen Augen sprach, bewegte sie zu immer größerer Milde und Freundlichkeit. Und Siegmund war doch nur ein Kind!

Nach und nach wurde dem kleinen Germanen die Trauer lästig. Ein Gefühl der Dankbarkeit gegenüber der schönen, holdseligen Herrin regte sich warm in seinem Herzen. Daraufhin fing er an sich in der fremden Umgebung umzuschauen. Der plätschernde Springbrunnen in der Mitte des Hofes gefiel ihm wohl. Die bunten Blumen, die er täglich pflücken musste, um die Vasen der Herrin zu füllen, dufteten so herrlich und die Früchte, von denen sie ihm reichlich abgab, schmeckten so süß! O wie gern hätte er gewusst, was die bunten Gemälde bedeuteten, die die Wände der Zimmer schmückten! Fast ohne es zu wollen, hatte er sich viele Worte der fremden Sprache gemerkt. Und endlich-endlich entschloss er sich, sie auch auszusprechen.

Klaudias Freude darüber rührte sein Herz und seitdem war das Eis gebrochen. Die kluge, hochgebildete Frau verstand es wohl, den Geist des lernbegierigen Jungen zu wecken. Und bald fing sie an, ihm das Lesen und Schreiben beizubringen. Nach ungefähr einem Jahr war Siegmund mit den Sitten und der Sprache der Römer bekannt und im ganzen Haus beliebt. Der Hausherr freute sich, dass Klaudia, die sonst so viel über Langeweile geklagt hatte, jetzt fröhlich und zufrieden war. Auch die Dienerschaft hatte den schönen Jungen gern, der die früher so launische Herrin sanfter und freundlicher gemacht hatte.

Aber obwohl er still seines Weges ging und niemandem ein unfreundliches Wort sagte, hatte er doch, ohne es zu wissen eine Feindin. Vor Jahren war der Hausherr in Afrika gewesen, da auch große Strecken dieses Landes zum römischen Reich gehörten. Bei seiner Rückkehr hatte er seiner Gemahlin ein junges Mädchen von großer Schönheit mitgebracht. Man gab dieser kleinen Sklavin den Namen „Stella“ (Stern) wegen des prächtigen Glanzes ihrer dunklen Augen. Leider war es kein milder Glanz, sondern ein verzehrendes Feuer, da Stellas Charakter leidenschaftlich und rachsüchtig war. Trotzdem blieb sie lange Zeit Klaudias Liebling. Sie verstand es süß zu schmeicheln, die Harfe zu spielen und zu singen.

Aber schon lange, bevor Siegmund ins Haus kam, hatte sie die Gunst der Herrin durch Ausbrüche wilder Leidenschaft verscherzt. Sie hatte einmal ein kostbares Kristallgefäß zu Boden geworfen, das dann in tausend Stücke zersprang. Das hatte sie getan, um sich für einen leichten Schlag, den ihr Klaudia gegeben hatte, zu rächen. Deshalb war sie aus der Nähe der Herrschaft verbannt worden und musste in der Küche niedrigere Dienste tun. Als der kaum vierjährige Sohn des Hauses an bösem Fieber starb trauerten alle Sklaven um das liebe Kind. Doch Stella lächelte heimlich und freute sich zu hören, dass die Mutter ganz untröstlich über den Verlust sei.

Und nun war dieser Junge gekommen, landfremd und heimatlos wie sie, um die Stelle einzunehmen, die – wie sie meinte – ihr gehörte. Spielen und singen konnte er nicht, aber sie hörte von der Dienerschaft, dass er auf einem weichen Kissen zu Klaudias Füßen saß um ihr vorzulesen und dass sie sich lächelnd und scherzend über ihn beugte, wenn er mühsam die Buchstaben aufs Pergament malte. Ja, er erschien an einem Festtage in einer Tunika, die Klaudia mit eigener Hand zierlich gestickt hatte! Dies und noch vieles Andere erfüllte Stellas Herz mit Hass gegen den schönen, harmlosen Jungen. Siegmund wunderte sich, dass sie ihn so scharf und finster ansah, wenn er ihr manchmal am Springbrunnen oder im Garten begegnete.

Schon drei Jahre wohnte der Knabe im römischen Hause und stieg immer mehr in der Gunst seiner Herrin. Dennoch hatte weder sie noch er ihr Leid vergessen. Sie zürnte den Göttern immer noch, dass sie ihr ihren Sohn genommen hatten und besuchte nur auf strengen Befehl ihres Mannes ab und zu einen Tempel. Siegmund aber dachte im Stillen noch oft an die traute Heimat, seine Eltern und das Schwesterlein. Dann geschah es wohl, dass ihn das Heimweh übermannte und er einen einsamen Winkel suchte, um sich auszuweinen. Manchmal kamen ihm auch Fluchtgedanken in den Sinn. Aber wohin sollte er sich wenden? Wo sollte er seine Mutter und Schwester suchen? Die alte Heimat hatten sie sicher nicht wieder erreicht, denn fremde Völker waren von Norden her ins Vaterland gedrungen und hatten es bestimmt längst eingenommen.

Inzwischen hatte Siegmund eine stattliche Größe erreicht und wurde zu mancherlei Diensten angestellt. Er musste den Herrn und seine Gemahlin bei Tisch bedienen, wenn sie allein das Essen zu sich nahmen. Er trug ihnen die leuchtende Fackel vor, wenn sie abends zu einem Fest gingen. Er trug Briefe und Botschaften in andere Häuser und begleitete Klaudia sogar ins Schauspielhaus und in den Zirkus, wo man allerlei Wettkämpfe hielt. Dort stand er hinter ihrem Platz, reichte ihr Erfrischungen, fächelte ihr Kühlung zu oder umhüllte sie mit dem Mantel, je nachdem, wie sie es gerade brauchte.

In der großen, prächtigen Stadt fand er sich nun leicht zurecht und achtete auf alles, was er sah. Mit Verwunderung sah er auf den Straßen zwischen den scharf geschnittenen, von dunklem Haar umrahmten römischen Gesichtern auch rotwangige, blonde Köpfe. Das mussten Germanen sein. Auch unter den Soldaten, die oft vorüber zogen, gab es

solche. Endlich fragte er einen alten Fruchthändler, der offenbar germanischer Herkunft war:

„Du bist von meinem Volk, lieber Herr! Sage mir doch, wie kommen so viele unserer Stammesgenossen in dieses fremde Land?“

„Die meisten sind Kriegsgefangene, die in die Sklaverei verkauft sind – so wie du und ich“, war die Antwort. „Doch treten auch viele freiwillig in das römische Heer, um die Kriegskunst zu lernen. Mancher kehrt dann heim, um das Gelernte gegen die Lehrmeister zu benutzen! Inzwischen gibt es auch einige, die römisch gesinnt sind und hier Gewinn und gute Tage suchen.“

„O, diese Verräter!“, zürnte der Knabe.

„Du bist jung und feurig! Ich war es auch in deinem Alter. Jetzt hab ich einen Frieden gefunden, von dem du nichts weißt.“

Noch immer saß Siegmund täglich zu Füßen der Herrin, um sich im Lesen und Schreiben zu üben. So manches Gespräch knüpfte sich an diesen Unterricht. Eines Tages, nachdem er in einem entfernten Stadtviertel gewesen war, um ein zerbrochenes Schmuckstück zum Goldschmied zu tragen, sah der Knabe von seinem Buch auf und begann:

„Herrin, ich sah heute Männer und Frauen, die anders sind als die übrigen. Aus einem unscheinbaren Haus hörte ich einen wunderschönen Gesang erschallen. Ich blieb stehen und hörte eine Weile zu. Bald verklang er und aus dem Tor traten edle Gestalten. Es waren alte und auch junge Leute. Sie waren schmucklos gekleidet, aber schritten so feierlich, als kämen sie von einem Götterfest. Bevor sie sich trennten reichten sie einander die Hände und gingen mit gesenktem Haupt ihre Wege. Ein prächtiger Opferzug kam vorüber, um zu Jupiters Tempel zu gehen, aber von diesen Leuten erhob keiner den Blick, ihn zu sehen. Ja, sie wandten sich sogar ab!"

„Es ist genug!", unterbrach Klaudia den Jungen. „Hüte dich von diesen Menschen zu reden, denn jede Gemeinschaft mit ihnen bringt Gefahr! Man nennt sie Christen. Sie verachten die Götter und verehren nur einen einzigen unsichtbaren Gott, der einmal als Zimmermann auf Erden gelebt haben soll. Ich glaube, sie haben nicht einmal ein Götterbild von ihm! Schon oft hat man sie verfolgt und Unzählige aufs grausamste getötet. Jetzt lässt man sie gewähren. Aber wer weiß, wie lange das dauert. Vergiss, dass du sie gesehen hast und geh ihnen aus dem Wege, wenn du ihnen wieder begegnen solltest."

Siegmund schwieg eine Weile. Dann begann er zögernd:

„Wir Germanen haben auch keine Götterbilder. In den grünen Hainen, unter den mächtigen Eichbäumen, an den silberhellen Bächen wohnen unsere Götter. Man sieht sie nicht, aber man fühlt ihre Nähe."

„Fühlst du sie auch hier?", fragte Klaudia.

Traurig schüttelte Siegmund den Kopf. „Wie sollte ich? Wo ist hier Wodans Esche? Wo ist die Eiche des Donnergottes, wo die Linde der lieblichen Freia? Schön ist es auch hier; aber alles ist von Menschenhand gemacht. Daheim sah man der Götter Werk, wohin man nur schaute. Und wo ihr Werk ist, da sind auch sie!“

„Hör mal!“, unterbrach ihn Klaudia. „Was mag geschehen sein? Lautes Geschrei schallt von der Straße bis hier herein. Eile und gib mir dann Auskunft, was das zu bedeuten hat.“

Siegmund gehorchte. Er lief über den Hof und wollte durch den offenen Gang, der am vorderen Haus (dem so genannten Atrium), vorüber führte, auf die Straße eilen. Da trat ihm der Hausherr, begleitet von einigen ernsten Männern, in den Weg.

„Junge, wo läufst du hin?“

„Die Herrin verlangt zu wissen, weshalb das Volk so unruhig ist.“

„Sage ihr, deine Stammesgenossen, die kühnen Markomannen seien wieder über die Donau gekommen und in römisches Gebiet eingedrungen. Nun heißt es: Auf zum Kampf, dass wir sie gänzlich überwinden!“

„Das wird niemals geschehen!“, entgegnete Siegmund freimütig, „Mein Volk ist stark! O, wenn ich groß und frei wäre, dann würde ich meinem Volk beim Kämpfen helfen!“

Schnell wandte er sich ab, um der Herrin die Botschaft zu bringen. Die Männer sahen ihm lächelnd nach.

Einer aber sagte: „Ein entzückender Junge! Ja, ich sage euch: Diese Germanen werden uns noch zu schaffen machen. Und wenn wir längst zur Unterwelt gefahren sind, werden sie vielleicht die Weltherrschaft besitzen, derer wir uns jetzt rühmen. Unser Volk versinkt immer mehr und mehr in Üppigkeit und Genusssucht. Sie aber sind stark und jugendfrisch an Leib und Seele."

Keiner widersprach dieser Rede. Nachdenklich begaben sie sich in das beste Zimmer des Atriums zu einer ernsten Beratung.

Nach wenigen Tagen war der Hausherr bewaffnet an der Spitze seiner Schar ausgezogen, um so schnell wie möglich auf das Hauptheer zu stoßen. Trübe Stimmung herrschte nach seinem Auszug im Hause. Siegmund war wie verwandelt. Gewissenhaft verrichtete er seine Dienste, aber kein Lächeln trat mehr auf seine Lippen. Die Bücher ließ er ganz liegen und erheiterte die Herrin nicht mehr durch munteres Geplauder und wissbegierige Fragen. Auch Klaudia war verstimmt und gelangweilt. Mal sorgte sie sich ängstlich um den Gemahl, dann klagte sie wieder, dass man in der Stadt keine Feste feierte, dass Schauspiele und Wettkämpfe auf Befehl des Kaisers um der schweren Kriegsnot willen unterlassen werden mussten. Ihre einzige Zerstreuung waren die Besuche ihrer vornehmen Freundinnen, die in derselben Lage waren wie sie. Jede wusste etwas Neues zu erzählen, eine neue Kleidermode anzupreisen oder ein prächtiges Schmuckstück zu zeigen.

Siegmund musste mit süßem Gebäck und den schönsten Früchten aufwarten. Dabei bekam er manch böses Wort über die rohen, kriegslustigen Germanen zu hören, die an allem Unglück schuld seien. Dann zeigte auch der Junge ein finsteres Gesicht, denn keine der Besucherinnen gefiel ihm. O wie ganz anders, wie viel edler war seine Mutter gewesen!

Nur Silvia, eine schöne, noch sehr junge Frau, die zu Klaudias Verwandtschaft gehörte, hatte er gern und freute sich, wenn er ihr einen Dienst leisten durfte. Sie war ernster als alle andern und suchte dem leichtsinnigen Gespräch stets eine bessere Wendung zu geben. Trotz ihres Reichtums kleidete sie sich sehr schlicht und einfach und nahm deshalb manch spöttische Rede ruhig hin. Eines Tages aber forderte sie die Freundinnen bescheiden auf, der Kleiderpracht für diese Zeit zu entsagen und lieber den Witwen und Waisen zu helfen, deren Versorger das Kriegsschwert dahingerafft hatte. Daraufhin sagte man ihr so kränkenden Worte, dass sie ihr schönes Haupt verhüllte und traurig wegging.

Kaum war Klaudia allein, so fühlte sie das Unrecht, das der Freundin geschehen war, denn sie hatte im Grunde genommen ein gütiges Herz. „Morgen will ich hinaus fahren in ihr Landhaus und sie um Vergebung bitten", nahm sie sich vor.

Aber o weh! Am anderen Morgen wurde sie mit Kopfschmerzen geplagt. Sie war müde und fieberte. Bald musste sie sich aufs Ruhebett legen. Siegmund ließ ein kühles Getränk bereiten und brachte ihn mit ernstem Gesicht seiner Herrin.

„Ach geh!“, rief sie ungeduldig. „Du bist langweilig geworden! Dein blondhaariges, rotwangiges Volk ist schuld daran, dass ich meinen Gemahl entbehren muss, dass mir die Freude entflieht und die Langeweile quält!“

„Und dein blasses, schwarzlockiges Volk, o Herrin“, entgegnete Siegmund mit bebender Stimme, „ist schuld daran, dass ich der Eltern beraubt, mein Leben in der Gefangenschaft vertrauern muss! Dass ich“, fuhr er leidenschaftlich fort, „schwatzenden Frauen den Becher darbieten und die Fackel vortragen muss, wo mein Arm doch nun stark genug wäre, das Schwert zu führen! O Vater, Vater! Wäre ich doch gefallen und brauchte diese Schmach nicht tragen!“

In bitterem Schmerz war der arme Knabe neben dem Ruhebett zusammengesunken. Da fühlte er Klaudias sanfte Hand auf seinem Kopf.

„Mein armer Junge“, sagte sie weich, „jammere nicht so! Ich verstehe dein Leid. Du hast Recht. Dein edler Geist strebt höher hinaus. Aber warte noch etwas. Verlass mich nicht gerade jetzt! In wenigen Jahren – das verspreche ich dir – will ich dir die Freiheit schenken und dir dabei helfen, deine Volksgenossen wieder zu erreichen. Jetzt aber bleibe noch ein wenig bei mir! Du meinst es treu, das weiß ich. Denn du redest freimütig, während mir alle anderen schmeicheln. Setz dich zu mir auf dieses Kissen und erzähle mir von deiner Heimat. Du sagst, deine Mutter sei eine Fürstin gewesen. Wie vertrieb sie sich die Zeit, die mir jetzt so langsam dahin schleicht?“

„Der Mutter war der Tag zu kurz für die Arbeit, die auf ihr lag“, erwiderte Siegmund traurig.

„Arbeit, sagst du? Hattet ihr keine Diener?“

„Das schon, aber der Hausfrau Geschäfte sind heilig in unserem Volk“, fuhr der Junge eifrig fort. „Nur in der Not gibt sie sie in andere Hände. Knechte und Mägde verrichten ihre Arbeit meist draußen. Sie haben Hütten im weiten Hof, wo sie spinnen und weben. Sie hüten und warten das Vieh, bebauen den Acker, mahlen das Getreide und fällen Holz im Wald. Aber im Haus waltet die Mutter.“

„War das ein Haus wie dieses hier?“, fragte Klaudia.

„O nein, ganz anders! Nicht so reich an Schmuck, aber o, so lieb und vertraut! Es hatte nur einen einzigen Raum, den wir den Saal nannten. Von starken Balken war es gebaut. Von innen war es mit Brettern ausgeschlagen, die hier und da mit bunten Farben bemalt waren. Ohne Zwischendecke erhob sich das spitze Dach darüber, das mit Stroh gedeckt war. Die vorderen Dachbalken waren mit geschnitzten Pferdehäuptern geschmückt. Und zwar genau da, wo sie sich über dem Giebel kreuzten. Denn das Ross ist Wodans geheiligtes Tier und schützt die Heimstätte vor bösen Geistern. Mitten im Dach war ein Loch, das Windauge genannt wurde. Es war dafür da, dass der Rauch aus dem Zimmer abziehen konnte. In der Mitte des Saales stand nämlich der große gemauerte Herd, auf dem stets ein Feuer brannte. Selbst in der Nacht durfte es nicht ausgehen, sondern musste unter der Asche weiterglimmen, bis es die Mutter am Morgen wieder zu neuer Glut anzündete. Ich fragte einmal meine liebe Mutter: ‚Warum darf das Feuer nicht verlöschen?‘ Darauf antwortete sie mir: ‚Weil das Feuer die warme Liebe bedeutet, die im Hause herrschen soll. Es soll den Frieden und das Wohlfühlen am eigenen Herd darstellen. Wenn es verlöscht, weicht die Gunst der Götter von der erkalteten Stätte.‘ Im Winter bereitete uns die Mutter am Feuer das warme Frühbad. Im Sommer spielten wir lustig im silberhellen Bach, der den Hof durchströmte. Über dem Herdfeuer kochte die Mutter das gute Hafermuss und das saftige Hirschfleisch. Dort röstete sie zwischen heißen Steinen die flachen Brotkuchen. Auf einem erhöhten Sitz drehte sie fleißig die Spindel und nähte Kleider für uns alle. Auch Bier und Met verstand sie wohl zuzubereiten. Liebtraut, mein liebes Schwesterlein, half ihr fleißig im Haushalt und sollte nach und nach alles von ihr lernen. Ich aber trieb mich lieber im Freien herum und begleitete den Vater zur Jagd. Ich übte mich im Bogenschießen, Speerwerfen und Ringkampf mit den Kindern der Knechte. Ach, wie schwach und kraftlos werden meine Glieder wohl geworden sein durch dieses weiche, üppige Leben!“

Seufzend senkte Siegmund seinen Kopf. Bald hatte er sich aber wieder gefasst und fuhr fort: „Nur im kältesten Winter blieb ich im Haus! Aber auch da war es oft schön, obwohl der Rauch, der wegen dem schlimmen Wetter oft nicht abziehen konnte, uns sehr lästig war. Der Vater schlief viel auf dem großen Bärenfell am Herd oder er erfreute sich am Würfelspiel mit seinen Lieblingsknechten. Abends hörten wir gern den Erzählungen unserer Mutter zu. Von den Göttern, Zwergen, Nixen und Elfen konnte sie wunderbare Dinge berichten. Endlich legten wir uns alle schlafen. Breite Holzbänke, die an den Wänden entlang liefen und mit weichen Fellen bedeckt waren, dienten uns als Schlafplatz. Oft kam meine liebe Mutter noch leise an mein Lager, um mich mit dem wollenen Mantel noch wärmer zuzudecken. Da schlug ich die Augen auf und sah in ihr liebevolles Gesicht. ‚Mein Sohn!‘, sagte sie so innig und ich schlang meine Arme um ihren Hals und rief: ‚Meine Mutter!‘“

Mit steigender Lebhaftigkeit hatte der Junge gesprochen. Doch jetzt schlug er die Hände vors Gesicht und schluchzte laut. „O, meine Mutter, meine liebe Mutter!“, rief er in seinem Jammer, sodass es auch der verwöhnten, selbstsüchtigen Römerin tief zu Herzen ging.

„Wein doch nicht so bitter“, sagte sie, indem sie sich zu ihm niederbeugte. „Die Mutter kann ich dir nicht ersetzten, aber lieb haben will ich dich und dir nie mehr unfreundlich begegnen. Euer häusliches Leben mag wärmer und inniger gewesen sein als das unsere – das fühle ich wohl. Aber tröste dich: du sollst frei werden und ein glücklicher Mann im Kreise deines Volkes sein! Eine innere Stimme sagt mir, dass es so geschehen wird.“

„Auch ich liebe dich, Herrin“, erwiderte Siegmund, „und diene dir gerne noch eine Weile. Aber warum glühen deine Wangen so und die Hände sind eiskalt! Bist du krank?“

„Ich weiß es nicht. Aber ich bin sehr müde und möchte schlafen. Bleib du bei mir, damit mich niemand stört.“

Stundenlang saß Siegmund bei der Dame, die in einen unruhigen Schlaf gefallen war. Ihr Gesicht glühte, obwohl er ihr mit dem großen Federfächer Luft zuwehte. Und als sie endlich die Augen aufschlug, sprach sie sinnlose Worte in hitzigem Fieber. Die Dienerinnen trugen sie in das Schlafgemach und es wurde ein Arzt geholt. Mehrere Wochen lang lag Klaudia schwer krank.

Siegmund ging traurig umher, denn er durfte ja die inneren Frauengemächer nicht betreten. Alles, was der Herrin lieb war, hielt er in bester Ordnung. Er pflegte ihre Vögel, fütterte ihr Schoßhündchen, goss ihre Blumen und entfernte jedes Stäubchen von den vielen zierlichen Statuen, Gesäßen und Nippsachen, die ihre Zimmer schmückten. Er übte sich auch fleißig im Lesen und Schreiben. Die Sprache der Römer verstand er nun so gut, dass er sich an den Helden- und Göttergeschichten, die er las, ergötzen konnte. Trotz allem gefielen ihm diese Götter nicht! Er mochte ihnen nicht dienen und konnte sie auch nicht anrufen um der Genesung seiner geliebten Herrin. Denn er zweifelte an ihrer Macht und Güte. O, wenn er nur ein einziges Mal in den stillen Hain treten könnte, wo er mit Mutter und Schwester die holde Göttin Freia verehrt und ihr Blumenopfer gebracht hatte! O, die Freundliche würde ganz bestimmt seine Bitte erfüllen! Aber, ach, sie wohnte nicht im Treiben der Stadt, sondern weit in den Wäldern und hörte nicht das Flehen des Jungen.

Klaudia wurde von den Dienerinnen sorgfältig gepflegt. Doch die vornehmen Frauen, die sie in guten Tagen so oft besucht hatten, ließen sich jetzt nicht sehen. Sie fürchteten sich vor dem ansteckenden Fieber. Nur Silvia, die damals so betrübt weggegangen war, kam jetzt in der Abenddämmerung zu ihr. Sie wurde von einer alten Magd begleitet, die irgendeine köstliche Erfrischung für die Kranke trug. Das Fieber hatte schließlich den höchsten Grad erreicht und Klaudia war dem Tod sehr nahe. Silvia blieb die ganze Nacht über bei der Freundin, die unter ihrer sanften Hand endlich ruhig geworden und in einen langen Schlaf gesunken war. Silvia ließ die ermüdeten Mägde zur Ruhe gehen.

Sie selbst blieb allein in dem stillen, halbdunklen Zimmer, um bei Klaudia zu wachen. Gegen Morgen erwachte die Kranke zwar fieberfrei, aber sehr, sehr matt. Verwundert blickte sie auf die Pflegerin.

„Silvia, bist du es?“, fragte sie leise. „Ich glaubte schon oft deine sanfte Stimme zu hören. Was trieb dich zu mir, da alle anderen mich meiden?“

„Die Liebe“, war die einfache Antwort.

„Wie kannst du mich lieben? Habe ich dich nicht verspottet und gekränkt?“

„Das hast du zwar getan, aber ich habe es dir längst vergeben. Im Glück hätte ich dich wohl nicht wieder aufgesucht, aber im Leiden zog mich mein Herz zu dir. Doch du darfst nicht so viel sprechen. Hier, nimm einen kühlenden Schluck und leg dich wieder zur Ruhe hin.“

„Das will ich tun. Aber, o Silvia, sage mir nur eins. Werde ich sterben? O, mir graut vor dem düsteren Totenreich, wo ich, halb träumend umherirren soll – ohne Freude und ohne Hoffnung! Auch mein liebes Söhnlein werde ich dort nicht finden. Ach, es war so schön, so rein, so schuldlos! Ja, es war ein Liebling der Götter! Sie haben es gewiss auf die Insel der Seligen gebracht. O, dort kann ich nie hinkommen! Ich war selbstsüchtig, eigensinnig und launisch. Das fühle ich wohl. O Silvia! Ich möchte anders werden! Sag, o sag mir bitte, dass ich noch nicht sterben muss!“

„Du wirst leben, Geliebte! Dessen bin ich gewiss. Die Macht der Krankheit ist gebrochen, aber Ruhe ist nötig. Ich bleibe bei dir, denn nichts zwingt mich heimzukehren, da auch mein Gemahl in den Krieg gezogen ist. Meine zwei Kinder sind unter der Aufsicht der treuen Amme gut aufgehoben. Wenn du gesund wirst, kann ich dir vielleicht den Weg zeigen, der dich zu der Insel der Seligen führt."

Ab dem Tag an ging es Klaudia immer besser. Schon bald kam der frohe Tag, an dem sie das luftige Wohnzimmer wieder betreten durfte, das Siegmund mit herrlichen Blumen geschmückt hatte. Zum ersten Mal seit seiner Gefangennahme strahlten die Augen des Jungen vor Freude, als er die Herrin wieder sah, um deren Leben er solange gebangt hatte. Er bediente die beiden edlen Frauen bei ihrem einfachen Frühstück. Nachdem ließ er sich still in einer Ecke nieder, um stets bei der Hand zu sein, wenn sie etwas brauchten.

„Erzähl mir doch, Silvia", begann Klaudia, „was war das für ein Buch, das du so fleißig gelesen hast, als du an meinem Bett wachtest? Sooft ich die Augen aufschlug, sah ich dich vertieft darin lesen."

„Das war ein wunderbares Buch!", erwiderte die Freundin. „Es war ein Buch, das in jeder Not tröstet, in jedem Kampf Sieg gibt und zuletzt den Weg zu der Insel der Seligen zeigt."

„Ist es ein Heldenbuch wie das von Virgilius, das wir früher so gerne lasen?"

„O ja! Es erzählt von dem größten Helden der Welt, dem alles zu Füßen liegt."

„O bitte, lies mir ein wenig daraus vor. Dann will ich auch ganz still auf meinem Bett liegen, wie es der Arzt angeordnet hat."

„Das mache ich gern. Und der Junge?"

„Siegmund kann zuhören! Er hört ja nichts lieber als Heldenlieder und wäre gern selbst ein Held."

„Aber er ist nur ein Sklave", seufzte Siegmund.

Silvia dachte einen Augenblick nach, dann öffnete sie den verdeckten Korb, den sie mitgebracht hatte, zog das Buch hervor und begann zu lesen.

Aber ein Heldenlied war es doch nicht. Es sprach nicht von Schwerterklang, nicht von blutigem Kampf und stolzem Siegeszug. Mit sanfter Stimme las Silvia von einem himmlischen Geist, einem Engel, der zu einer armen Jungfrau kam und ihr verkündigte, dass sie einen Sohn bekommen würde. Der werde der wahre Gott und zugleich auch ein echter Mensch sein. Und als er dann wirklich geboren wurde, mitten in der Nacht in einem dunklen Stall und in einer Krippe auf Heu und Stroh lag, da öffnete sich der Himmel. Scharen von Engeln kamen hernieder, um den Lobgesang anzustimmen: „Ehre sei Gott in der Höhe und Frieden auf Erden und den Menschen ein Wohlgefallen!" Und die Hirten kamen um das Kind anzubeten. Am achten Tag aber wurde sein Name genannt Jesus – das heißt, Seligmacher.

Klaudia hatte still zugehört. Jetzt aber richtete sie sich plötzlich auf und sagte:

„Verlass uns, Siegmund! Geh und gieße die Blumen!“

Ungern gehorchte der Junge. Diese Geschichte war zu interessant.

„Unglückliche!“, rief Klaudia, als sie dann allein waren, „Du bist eine Christin?“

„Ja, das bin ich“, war die ruhige Antwort. „Aber nenne mich nicht unglücklich, sondern selig.“

„Und du betest wirklich zu diesem kleinen Kind, das in der Krippe lag?“

„Gewiss! Es blieb nicht immer ein Kind! Höre erst einmal, was es tat, als es ein Mann geworden war. Was Jesus erlitt und wie er zuletzt siegte! – Sag mir doch, machen dich deine Götter glücklich?“

„Nein, nicht glücklich und auch nicht gut! Du aber – das muss ich bekennen – hast dich wunderbar verändert. Noch vor wenigen Jahren warst du eitel, leichtherzig und selbstbewusst. Aber jetzt bist du fast zu schlicht und zu einfach, aber dabei voll Milde und Demut. Du vergiltst Böses mit Gutem und fürchtest nicht Krankheit noch Tod. Sag mir, hast du das von diesem Jesus gelernt?

„Allein von Ihm! O, dass ich es doch noch besser lernen könnte! Es ist nur ein kleiner, schwacher Anfang. O Klaudia, lass uns jetzt nicht mehr davon sprechen! Höre mir täglich ein wenig zu, wenn ich aus diesem Buche vorlese. Bewege zuerst alles in deinem Herzen und erst dann darfst du urteilen!“

„Ja, so soll es sein“, erwiderte Klaudia. „Aber Siegmund muss es auch hören. Er trauert so darum, dass er die Wälder verlassen musste, wo seine Götter wohnen. Vielleicht findet er Trost bei diesem wunderbaren Jesus. Es schadet ja nichts, wenn zu so vielen Göttern noch einer dazu kommt. – Warum lächelst du, Silvia?"

„Weil Er allein Gott ist! Er ist ein Wesen mit dem Vater und dem Heiligen Geist. Alle anderen Götter sind nichts."

„Viele sagen, dass sie nichts sind! Aber vielleicht ist dein Jesus auch nichts. Doch hören möchte ich noch mehr von Ihm. Es ist doch einmal etwas anderes, etwas ganz Neues!"

Das Buch, aus dem Silvia nun täglich vorlas, war das Evangelium von Lukas. Sie hatte die Abschrift für viel Geld gekauft und es war ihr größter Schatz. Klaudia hörte zuerst mit Neugierde zu, aber schon bald mit Andacht. Täglich wurde das Bild Jesu lebendiger in ihrem Herzen. Sie merkte, dass Er ganz anders war, als alle anderen Götter. Sie wünschte sich oft eine von den Frauen zu sein, die seiner wunderbaren Rede zuhören und seine göttlichen Taten sehen durften. Ach, wenn er durch die Straßen Roms gewandelt wäre, als ihr geliebtes Söhnchen krank war. Wie sehr hätte sie ihm nacheilen wollen um ihn kniend anzuflehen, es gesund zu machen! Er hätte es bestimmt getan, denn seine Liebe war ebenso groß wie seine Macht.

Silvia aber betete innig zu Jesus, dass Er die Freundin zum selig machenden Glauben bringen möge.

In den lebhaften Gesprächen, die diesen Vorlesungen meist folgten, bemühte sich Silvia, ihre Schülerin in sanfter, milder Weise zur Erkenntnis ihrer Sündhaftigkeit zu bringen. Sie wollte, dass Klaudia das Wort von der Erlösung umso williger aufnehme. Bei diesen Gesprächen war Siegmund nicht dabei, denn die Frauen waren sich der Gefahr wohl bewusst, die ihnen drohte, wenn etwas davon ausgeplaudert werden würde. Erst wenn Klaudia sich ganz für Christus entschieden hatte, wollte man versuchen, auch den Jungen zum Glauben zu bringen.

Die Geschichten von Jesus gefielen ihm sehr. Ja, er hörte so begierig zu, dass er nicht einmal merkte, wie sich der Vorhang vor der Türöffnung manchmal leise bewegte, als sei jemand dahinter. Nur einmal, als man ihn schneller als sonst hinausschickte, sah er Stella durch den Garten eilen und im Gebüsch verschwinden. Bestimmt hatte sie von den reifen Trauben genascht, die am Weingeländer hingen, wie sie es schon so oft getan hatte. Nun, er wollte sie nicht verklagen. Jesus war immer so freundlich gewesen. Er hat jeden geliebt und keinen gehasst. Vielleicht war es unrecht, dass er Stella gar nicht liebte, wohl sogar hasste! Die liebe Mutter hatte erzählt, dass freundliche Götter und Göttinnen manchmal in Menschengestalt segnend über die Erde gewandelt seien. Für einen solchen Gott hielt er Jesus und Er gefiel ihm so gut. Als man aber zur Leidensgeschichte kam, begriff er nicht, warum Er alles geduldet und sich gar nicht gewährt hatte, obwohl Er doch so stark und mächtig war. Vom Dulden wussten die Götter und Helden seines Vaterlandes nichts. Es galt für eine Schwachheit und Schande.

Inzwischen war in der Stadt eine seltsame Unruhe eingekehrt. Während Klaudia an dem bösen Fieber litt, war dieselbe Krankheit auch in vielen andern Häusern aufgetreten. Besonders in den ärmeren Stadtvierteln hatte diese Krankheit viele Opfer gefordert. Da kam dem heidnischen Volk der Gedanke, dass die Götter zornig darüber seien, dass man den Christen seit Jahren ihre Ruhe gegönnt und ihnen erlaubt hatte, Gottesdienste abzuhalten. „Die Christen sind schuld an dieser verheerenden Seuche!“, schrie der Pöbel. „Die Götter sind erzürnt, dass man den Zimmermannssohn, den Gekreuzigten, neben ihnen verehrt!“, sprachen die Götzenpriester zu dem unwissenden Volk. „Verfolgt die Christen! Tötet sie! Zu den Löwen mit den Christen!“, schallte es nun in den Straßen der Stadt. Bald war die Verfolgung in vollem Gange. Man zerstörte die einfachen Bethäuser der Gläubigen. Viele schleppte man ins Gefängnis, ja sogar in den Zirkus, wo sie mit Löwen und Tigern kämpfen mussten und von ihnen zerrissen wurden.

Dennoch blieb eine große Anzahl in stiller Verborgenheit unter Gottes Schutz verschont. In der Umgebung gab es viele einsame Täler und auch unterirdische Höhlen. Dort versammelten sich die Gläubigen ab und zu bei Nacht um ihre Psalmen zu singen, zu beten, das Wort Gottes zu hören und einander im Glauben zu stärkten.

Silvia wagte es nicht mehr, das Heilige Buch in Klaudias Wohnung zu bringen. Doch sie lud die Freundin ein, für einige Wochen in ihr schönes Landhaus zu kommen, das still und entlegen mitten in einem schattigen Garten stand. Niemand wunderte sich darüber, dass die Genesende die erfrischende Landschaft aufsuchte und ihren Lieblingsdiener, den schönen, blonden Germanen, mitnahm.

Ganz friedlich war das Leben in dem Landhaus. Wie ein guter Engel waltete die freundliche Herrin darin. Man hörte kein raues Wort. Alles ging in Liebe und Frieden zu. Die meisten Diener des Hauses waren Christen, oder noch auf dem Wege, es zu werden. Sie wurden von Silvia als Brüder und Schwestern behandelt. Trotzdem dienten sie ihr aber in Demut und Gehorsam. Zwei liebe Kinder – ein Junge und ein Mädchen – gewannen bald Siegmunds Herz. Oft spielte und scherzte er fröhlich mit ihnen.

Eines Tages aber sagte die alte Wärterin zu Silvia: „Liebe Herrin, ich habe dich auf den Armen getragen, als du noch kleiner warst als dein Töchterchen. Darum höre jetzt auf meinen Rat! Die Verfolgung der Christen hat von neuem begonnen, nachdem sie einige Wochen ruhte. Eine Feuersbrunst in der Stadt hat das Volk in schreckliche Wut gebracht. Ganze Familien hat man schon in dumpfe Kerker geworfen. Sogar unschuldige Kinder werden getötet, weil ihre Eltern Christen sind. Deshalb folge mir und fliehe mit mir und deinen Kindern in das stille Gebirgsstädtchen, wo mein Sohn wohnt. Er und seine Frau werden dich hoch in Ehren halten. Sobald der Blutdurst des Volkes gestillt ist, kannst du zurückkehren, vielleicht schon in wenigen Wochen."

Aber Silvia erwiderte ruhig: „Ich fliehe nicht, meine liebe. Ich vertraue dir wohl die Kinder an, denn du bist treu. Morgen schon sollst du mit ihnen in deine stille Heimat reisen. Denn eine innere Stimme sagt mir, dass diesem Hause eine Zeit der Trübsal bevorsteht."

Am nächsten Morgen gab es einen schweren, tränenreichen Abschied. Es war, als ahne die junge Mutter, dass sie ihre Lieblinge zum letzten Mal in die Arme schloss.

Auch Siegmund sah dem Wagen traurig nach. Die Kinder hatten ihn zerstreut und erheitert. Nun wurde das Leben im Hause ernst und still und im Herzen des Jungen erhob sich ein schwerer, harter Kampf. Jetzt brauchte er nicht nur zuhören, wenn das Evangelium gelesen wurde, sondern die Frauen zogen ihn auch oft in ihr Gespräch mit ein. Silvia ermahnte ihn mit begeisterten Worten, die falschen Götter zu verlassen und sich Christo zu ergeben.

Wenn es Abend wurde und alle Arbeit getan war, kamen oft verhüllte Gestalten den Fußweg entlang, der von der Stadt herführte. Eine kleine Schar von Gläubigen versammelte sich in der matt erleuchteten Halle zum Gottesdienst. Wunderschön erklangen die Psalmen, inbrünstig die Gebete und ein alter, ehrwürdiger Mann mit langem weißem Bart sprach zu den andächtig lauschenden Menschen herrliche Worte. O wie gut verstand er es von diesem wunderbaren Jesus zu reden, von diesem Gotteslamm, das der Welt Sünde trägt! Er durchschaute die Herzen, auch Siegmunds Herz. Es war ihm oft so, als redete er zu ihm allein. Er begann zu ahnen, dass vieles, was er für groß und edel gehalten hatte, vor Jesu Augen sündhaft war. Er verstand, dass auch er ein Sünder war, der Erlösung braucht. O wie oft zog ihn eine innere Macht, mit niederzuknien, wenn die anderen zu Jesus beteten! Aber er tat es nicht! Es war etwas in ihm, was sich gegen den neuen Gott sträubte.

Wenn er endlich auf seinem Lager ruhte, konnte er lange nicht einschlafen. Er verglich die alten

Götter mit dem neuen Gott und gab in vielen, ach, in so vielen Dingen den alten Göttern den Vorzug! Nachts hatte er oft seltsame Träume. Einmal war es ihm, als sei er gestorben und käme an das offene Tor von Wogans herrlicher Behausung, das Walhall genannt wurde. Dort sah er die Helden, die im Kampf gefallen waren, um eine lange Tafel sitzen. Er sah sie mit den Göttern aus goldenen Bechern trinken und an köstlicher Speise sich laben. Die Wände der unermesslich großen Halle glänzten von reinem Golde und die Decke wölbte sich so hoch, dass kein Auge die Höhe ermessen konnte. Mit herrlichen Gesängen und dem Klang unzähliger goldenen Harfen wurden die Kriegstaten der Helden gerühmt. Suchend glitt Siegmunds Blick an den langen Reihen der Geistlichen vorüber. Da – o was für eine Freude – erblickte er unter ihnen den geliebten Vater, jugendfrischer und schöner, als er ihn je gekannt hatte. Mit sehnsüchtig ausgestreckten Armen rief er: „O, Vater, mein heiß geliebter Vater, lass mich zu dir kommen!" Aber das Gesicht des Helden verfinsterte sich. Drohend erhob er die Hand und rief: „Weiche von hinnen, du Elender! Statt meinen Tod zu rächen, hast du den Fremden gedient. Und das nicht nur gezwungen, sondern sogar willig. Du hast dich von stolzen Frauen hätscheln lassen, hast süße Kost gegessen und weiche Kleider getragen, bis dein Herz auch weich und weiblich und dein Arm matt geworden ist. Und nun willst du auch dem fremden Gott dienen, von dem dein Volk nichts weiß? Weiche von mir. Ich kenne dich nicht mehr!" Da wurde das Tor zugeschlagen und Siegmund stand alleine da, in dichter Finsternis.

Dennoch musste er am anderen Tag wieder hinhören, wenn von Christus gelesen oder gesprochen wurde. Er konnte einfach nicht anders! O, war dieser Jesus nicht groß, als er den Sturm stillte durch das Aufheben seiner Hand? War er nicht göttlich, als er die fünftausend Menschen speiste, als er das Tosen des Meeres wandelte, ja, als er selbst den Toten das Leben wiedergab? Und war er nicht ein Held? Furchtlos stand er den Scharen bewaffneter Feinde gegenüber! Ach, wenn er sie nur vernichtet hätte! Dazu besaß er ganz bestimmt die Macht. Dann wäre er den alten Göttern, von denen seine Mutter erzählt hatte, viel ähnlicher! Aber dass er sich ihnen ergab und alles, alles duldete, das wollte dem Jungen nicht in den Sinn. Stilles Erdulden schickte sich vielleicht für Frauen, aber niemals für einen Mann und am wenigsten für einen Gott!

So ging Woche für Woche dahin und der Kampf in Siegmunds Seele dauerte an. Silvia aber betete täglich für ihn und das Gebet des Gerechten vermag viel. Auch für Klaudia hatte sie so gebetet. Nun aber durfte sie schon loben und danken, denn Klaudia glaubte an Christus und sollte schon bald getauft werden.

An einem schönen, sonnigen Morgen saßen die beiden Freundinnen in einer Myrtenlaube und führten ein ernstes Gespräch.

„O, geliebte Silvia!“, sprach Klaudia. „In wenigen Tagen soll ich in die Schar der Gläubigen aufgenommen werden! Mein Herz springt vor Freude, aber ich habe trotzdem eine Sorge. Werde ich mein Taufgelübde halten können? Ach, ich bin so schwach und oft so verzagt! Was wird mein Gemahl tun, wenn er siegreich heimkehrt und mich als Christin vorfindet? Ich weiß, dass er mich verstoßen wird. Denn er hält felsenfest zu den alten Göttern. O, werde ich das ertragen? Werde ich seinen zärtlichen Bitten und seinen furchtbaren Drohungen gegenüber fest bleiben?“

„Du bist zwar schwach, teure Schwester, aber Christus ist stark. Er ist der gute Hirte. Niemand soll sein Schäflein aus seiner Hand reißen. Weißt du, in der Stunde der Versuchung und Gefahr sind die Schwächsten oft die Stärksten. Ich habe es ja leichter als du, denn mein Ehemann teilt mit mir einen Glauben.“

Hier wurde das Gespräch unterbrochen. Der alte Haushalter, der in Klaudias Abwesenheit treu für alles sorgte, kam, um ihr über die Arbeit der Sklaven, über Blumen, Vögel und Früchte und viele andere Dinge Bericht zu erstatten. Auch einen Brief ihres Ehemannes empfing Klaudia aus seinen Händen. Noch ging es ihm gut, doch in der nächsten Zeit stand ihnen ein harter Kampf bevor, der wohl vielen das Leben kosten würde. „O, Klaudia“, schloss das Schreiben, „geh bitte in den Tempel des Kriegsgottes Mars und opfere reichlich. Lass auch duftende Weihrauchwolken aufsteigen und bete inbrünstig, dass uns der Sieg verliehen werde! Bete auch für mein Leben, denn obwohl ich mir keinen anderen Tod wünschte als den auf dem Schlachtfeld, so bin ich doch jung und möchte noch eine Zeit lang das Glück an deiner Seite genießen."

Tief erschüttert hielt Klaudia den Brief in der Hand und achtete auf eine Botschaft, die der Haushalter zuletzt noch brachte.

„Stella, die braune Sklavin, ist entflohen", sagte er zögernd. „Zürne mir nicht, o Herrin, ich hätte wohl strenger auf sie achten sollen. Aber sie war listig, dazu flink wie ein Vogel und mit jedem Schlupfwinkel der Stadt bekannt. Seit drei Tagen haben wir sie vergeblich gesucht."

„Ach, lass sie!", erwiderte Klaudia gleichgültig. „Sie hat uns nichts als Ärger gemacht und den anderen ein böses Beispiel gegeben. Zogen nicht neulich ausländische Kaufleute durch die Stadt? Bestimmt ist sie mit ihnen gegangen, um ihr Heimatland wieder zu erreichen."

Einige Tage später bereitete man in Silvias Hause die einfache Abendmahlzeit zeitiger als sonst. Klaudia nahm nicht daran teil, sondern blieb allein in ihrem Zimmer um im Stillen zu beten. Heute Abend sollte sie mit einigen Anderen durch die Taufe in die Gemeinschaft der Christen aufgenommen werden.

Glühend rot, in wunderbarer Pracht, war die Sonne am wolkenlosen Himmel untergegangen und bald lag die Dunkelheit über der stillen Landschaft. Aber schon nach kurzer Zeit zeigte sich im Osten ein zarter silberfarbener Schein, und freundlich erhob sich der Mond über die nahen Hügel. Leise Schritte eilten nun durch den Garten vom Hause her und auch von der verborgenen Pforte am äußersten Ende des weiten Besitztums. An einem kleinen, überaus klaren Teich, der mit dichtem Myrten- und Lorbeergebüsch umgeben war, versammelte sich nach und nach eine kleine Schar Männer und Frauen. Auch Siegmund war unter ihnen. Er trug den Mantel, in den er die geliebte Herrin hüllen sollte, wenn sie aus dem heiligen Bad herausgekommen war und das weiße Taufkleid angezogen hatte. Dann war sie eine Christin, er aber ein Heide! Eine tiefe Kluft wurde dadurch zwischen ihnen gebildet – das fühlte er wohl. Aber er konnte nicht anders, als er meinte. Fast zu drohend stellten sich ihm die Gestalten der alten Germanengötter gegenüber.

Der Psalm war gesungen, das Gebet gesprochen. Die Predigt des alten Predigers war vorbei. Nun knieten die, die getauft werden sollten, nieder. Sie bekannten feierlich ihren Glauben an Gott den Vater, Sohn und Heiligen Geist und sagten allen falschen Göttern ab. Lautlos stand die kleine Gemeinde da. Die Hände waren in stiller Fürbitte gefaltet, während einer nach dem anderen in das Wasser stieg und nach dem heiligen Bad wieder herauskam. Klaudia war die letzte. Sie sah sehr blass aus, als Silvia sie in das neue, schneeweiße Taufkleid hüllte. Aber ihre Augen strahlten himmlische Freude aus.

Der Priester erhob die Hände und begann die Worte des Segens zu sprechen. – Doch, was war das? Waffengeklirr? Wo sollte das denn herkommen? Man hatte doch zuverlässige Wachen an den Eingängen des Gartens aufgestellt! Doch diese lagen schon überwältigt am Boden. Und dann – o Entsetzen! Dann drängten sich die Häscher durch die Büsche. „Im Namen des Kaisers!“, tönte die Stimme des Anführers. „Ihr seid Gefangene! Denn ihr seid Christen und damit Feinde des Volkes! Morgen sollt ihr den Göttern opfern oder sterben!“

Nun fesselte man sie an den Händen. Nur Wenigen gelang es ins dunkle Gebüsch zu entkommen. Klaudia und Silvia standen immer noch Hand in Hand. Da kam ein rauer Kriegsmann auf sie zu und packte sie bei den Armen.

Das war zu viel für Siegmund. Er sprang aus dem tiefen Schatten eines Lorbeerbusches hervor.

„Wie wagst du es diesen edlen Frauen so zu begegnen?“, rief er, indem er ihn mit aller Macht zurückstieß. „Fliehe, o Herrin, fliehe!“

Aber der starke Mann lachte nur über den Zorn des Jungen. Plötzlich fühlte sich Siegmund von zwei mageren braunen Armen festgehalten.

„Dieser ist auch ein Christ!“, rief Stellas höhnische Stimme. „Fangt ihn, bindet ihn, diesen Barbarensohn, der mich verdrängt hat! So andächtig hat er den Lehren des Nazareners zugehört, dass er nicht einmal merkte, wie oft ich in der Stadt oder auch hier gelauscht habe!“

„Also bist du die Verräterin!“, schrie Siegmund ganz außer sich vor Zorn. Mit aller Kraft riss er sich los und stieß sie so heftig von sich, dass sie taumelte und mit lautem Aufschrei rücklings ins Wasser stürzte. Gleich darauf schwamm sie lachend ans Ufer und verschwand im Dunkeln.

„Bedenkt ihr auch, was ihr da tut?“, fragte Silvia jetzt den herantretenden Anführer. „Was wollt ihr meinem Gemahl, der trotz seines Christenglaubens beim Heer so beliebt ist, antworten, wenn er siegreich heimkehrt und mich nicht mehr vorfindet?“

„Er wird nie mehr heimkehren, edle Frau!“, erwiderte der Hauptmann mit einem Funken von Mitgefühl. „Gestern kam die Nachricht, dass er im Kampf den Heldentod erlitten hat. Mir wurde befohlen, die Christen gefangen zu nehmen und ich muss gehorchen! O, warum wollt ihr sterben? So schön, so jung und so reich wie ihr seid! Morgen, wenn ihr vor dem Richter steht, braucht ihr nur wenige Körnchen Weihrauch in die Flamme von Jupiters Bild streuen. Dann werdet ihr als freie Menschen und vom Volk hoch geehrt in eure Häuser zurückkehren!“

Silvia hörte ihn nicht mehr. Sie hatte ihren Kopf verhüllt. Heiße Tränen rollten über die blassen Wangen. Doch schon bald hatte sie sich gefasst.

„O mein Geliebter!“, flüsterte sie, „Du gingst mir schon voraus! Und bald, vielleicht schon morgen, knien wir vereint vor dem Thron des Lammes!

Aber meine Kinder! Du guter Hirte, dir befehle ich diese armen Lämmer an!"

„Und ich", sprach Klaudia leise, „werde den Versuchungen entgehen, vor denen mir so bange war. Im reinen Taufkleid werde ich vor dem Herrn des Himmels erscheinen! Aber, o Silvia, bleibe bei mir! Lass uns zusammen in den Tod gehen! – Leb wohl, Siegmund!", wandte sie sich zu dem Jungen. „Ich werde für dich beten, dass auch dir dieser Glaube geschenkt werden möge!"

„So? Ist der Junge kein Christ?", fragte der Hauptmann.

„Nein, ich bin es nicht!", erwiderte Siegmund fest. "Ich lasse mich nicht binden und zur Schlachtbank führen, wie ein Tier! Als Held will ich sterben und zu Walhalls Toren eingehen wie mein Vater!"

Da winkte ihm Klaudia und schluchzend fiel er ihr zu Füßen.

„Du warst mein Eigen", sagte sie. „Jetzt, da ich von dir gehe, bist du herrenlos. Du bist frei! Geh dahin, wohin dein Herz dich treibt. Gottes Gnade kann dich überall finden."

Der Anführer trieb zum Aufbruch an. In langer Reihe führte man die Gefangenen fort. Manche gingen mit gesenktem Blick, in stillem Gebet vertieft. Andere schauten mit leuchtenden Augen zum Himmel, als sähen sie dort schon die offenen Pforten vom Paradies.

Dann waren sie verschwunden und Siegmund stand alleine da. Bitterer Schmerz kämpfte in seiner Seele mit glühender Lust. Die Herrin ging in den Tod, aber er war frei! „Frei! Frei!“, rief er aus, um sich an dem süßen Klang zu erfreuen. Er wollte fortstürmen – dem Norden zu, immer nach Norden, über Berg und Tal, durch die Hitze des Tages und das Dunkel der Nacht. Fort, fort, fort, bis deutsche Eichwälder ihn umbrausen würden!

Schon war er zur Hinterpforte des Gartens hinaus. Da fiel sein Blick auf die goldenen Armspangen, die er trug. Er mochte sie nicht mitnehmen. Daran würde man ihn gleich als Diener eines vornehmen Hauses erkennen und ihn mit allerlei Fragen quälen. Er löste sie und trug sie in die kleine Laube hinter dem Haus, wo er so oft mit der Herrin gesessen hatte. Durch die Büsche sah er, dass man bewaffnete Wachen um das Haus herum gestellt hatte. Beim eiligen Zurücklaufen fand er einen groben Mantel am Wege liegen, den wohl einer der Entflohenen abgeworfen hatte, um leichter zu entkommen. Der war ihm gerade recht. Er hüllte sich damit ein, denn es war Herbst und die Nachtluft war kühl.

Siegmund ging mutig vorwärts. Er wanderte die Landstraße entlang, bis die aufsteigende Morgenröte den jungen Tag verkündigte. Da fühlte er schon die Müdigkeit. Ach, es stimmte was der Traum ihm gesagt hatte: Er war durch die zarte Pflege weich und verwöhnt geworden. Wie tapfer war er schon als kleiner Bube im pfadlosen Waldesdunkel neben dem Vater hergetrabt, wenn sie sich einmal auf der Jagd verirrt hatten. Jetzt machte ihn ein Weg von einigen Stunden schon zu Schaffen! Zwischen hohen Aloenstauden legte er sich nieder, um nur ein wenig zu dösen. Aber als er aufwachte, stand die heiße Mittagssonne schon am Himmel. In einer Bauernhütte erbettelte er sich etwas Brot und Milch. Ab und zu fand er auch einige Trauben und Früchte, aber nur wenige, denn die Weinlese war schon vorüber. Am Abend legte er sich in irgendeinem Gebüsch zur Ruhe. So ging es über mehrere Tage. Er hatte es sich viel, viel leichter gedacht! Es war ihm oft unmöglich die Richtung Norden einzuhalten, da er belebte Landstraßen, Städte und Dörfer vermeiden wollte, um nicht angehalten zu werden und wieder in Dienstbarkeit zu geraten. So wanderte er planlos durch einsame Gegenden. Er litt oft unter Hunger, Durst und Kälte, denn sein Mantel schützte ihn nur wenig vor der zunehmenden Nachtkühle. Hier herrschte ja nicht die Gastfreundschaft seines Vaterlandes, wo fremde Wanderer in jedem Hof freundlich aufgenommen und mit Nachtlager, Essen und Trinken versehen wurden, ohne dass man nach Namen und Herkunft fragte. Es sei denn, dass er länger als drei Tage blieb. Hier stieß ihn so mancher Landwirt von der Tür seiner Hütte und schallt ihn einen faulen Bettelbuben. Am mitleidigsten erwiesen sich die armen Hirten, die große Herden von Schafen, Ziegen oder Rinder weideten. In ihren ärmlichen Hütten verbrachte er manche Nacht und durfte sich reichlich an süßer Milch laben.

Aber je länger er wanderte, desto tiefer wurde die Traurigkeit, die mit Macht über ihn kam, sobald der erste Freudenrausch über die erlangte Freiheit vorüber war. Seine Schwäche und seine Unfähigkeit, Beschwerden zu ertragen, drückten ihn sehr nieder. Ein Schaudern durchfuhr ihn, als er an den grausamen Tod dachte, den seine geliebte Herrin wohl schon erduldet hatte. O, wo würde sie jetzt sein? Im düsteren Schattenreich, vor dem sie sich früher so gefürchtet hatte, oder im schönen Himmelssaal vor dem Thron des Gotteslammes? Vielleicht hatte sie ihr junges Leben auch durch einige Körnchen Weihrauch gerettet, die sie den alten Göttern gestreut hat. Würde sie dann glücklich sein? Wohl kaum! Er hatte gehört, dass die, die sich dazu bequemten, in stille Verzweiflung fielen, die schlimmer sei als der Tod. Ach, wenn man nur einmal ganz genau wüsste, welcher der rechte Gott war! Was sollte er glauben? Zu wem sollte er beten? Wohin sollte er sich wenden?

Siegmund durchzog jetzt ein wunderschönes Hügelland, doch seine Kräfte schwanden zusehends. Nachts weckte ihn oft ein Fieberfrost aus dem unruhigen Schlummer. Hungrig und ermüdet erklomm er eines Tages eine steile Höhe. Da einige Ziegen das dürftige Gras abweideten, hoffte er oben eine Hirtenhütte zu finden. Nach kalter Nacht schien die Sonne heiß und sein Kopf schmerzte heftig. Das Steigen wurde ihm so schwer, als hätte er Bleigewichte an seinen Füßen. Endlich war er oben, und stieß einen Schrei aus. Ihm bot sich ein Bild, das er noch nie gesehen hatte. Vor seinen Augen breitete sich eine unabsehbare, bläulich schimmernde Wasserfläche aus, die vom sanften Wind bewegt wurde. Sanft abfallend neigte sich das Land dem Wasser zu. Am sandigen Ufer, weit voneinander entfernt, standen einige ärmliche Hütten. Auf den Wellen schaukelten ein paar kleine Kähne. Weit dehnte sich das Meer, einsam, gewaltig und bezaubernd schön! In Bewunderung versunken stand Siegmund da. Er hatte in Rom vom Meer sprechen gehört und es sogar einmal, als er mit der Herrin ausfuhr, ganz in der Ferne gesehen. Er hatte es sich wie einen recht großen See vorgestellt, dessen andere Ufer man doch noch erblicken konnte. Sollte das hier vielleicht das Weltende sein, von dem eine alte Magd daheim schauerliche Dinge zu erzählen wusste? Nein, dazu war das Meer zu schön, zu herrlich! Jedenfalls wollte er hinunter steigen und in einer der ärmlich aussehenden Hütten um etwas zu essen bitten. Er hatte die Armen immer barmherziger vorgefunden als die Reichen. Kaum hatte er sich von dem Stein, auf dem er sich ausgeruht hatte, erhoben, da wurde ihm schwindelig und er sank ohnmächtig zu Boden.

Als er erwachte war es schon Abend. Er lag zugedeckt mit einem dicken groben Mantel auf einem Lager von Schilfgras und Stroh. Der Raum, der ihn umgab, war niedrig und rußgeschwärzt. Es roch auch stark nach Fischtran. Von der Decke hing eine Lampe herab, bei deren mattem Schein ein alter Mann an einem Fischernetz strickte. Einige wenige Holzkohlen glühten auf einem sehr einfachen Herd. Darüber stand auf dem Dreifuß ein irdenes Töpfchen. Angeln, Netze und wenige Hausgeräte hingen an den Wänden. Jetzt schaute der weißbärtige Mann zu ihm.

„Na, bist du aufgewacht?“, sagte er freundlich. „Bist du krank, oder warf dich nur der Hunger nieder?“

„Beides, guter Vater! Ich komme von einer langen, beschwerlichen Wanderung. Wie hast du mich gefunden?“

„Ich suchte meine Ziegen. Komm, trink etwas Milch! Ein wenig hab ich dir schon gegeben, als ich dich mühsam hierher geschleppt habe. Du schlugst die Augen auf, schliefst aber gleich wieder ein.“ Damit hielt er ihm das Töpfchen hin. Begierig trank der Junge die Milch.

„Deine Hände sind eiskalt aber deine Stirn glüht“, sprach der Alte. „Es ist das Fieber! Warte, ich will dich tüchtig zudecken, damit du schwitzt.“

Er holte einige Ziegenfelle herbei und hüllte den Gast warm ein. Dann löschte er die Lampe aus und streckte sich in einem Winkel der Hütte auf einen Haufen mit trockenem Laub. Sein eigenes Lager hatte er dem Gast überlassen.

Fünf Tage lang lag Siegmund krank – zum ersten Mal in seinem Leben. Der Fischer pflegte ihn. Ein Trank von bitteren Kräutern vertrieb das Fieber. Endlich saß er, noch etwas schwach zwar, aber völlig gesund, neben seinem Wirt vor der Tür der Hütte. Im milden Sonnenschein bewunderte er das Meer. Dann begann er: „Du bist meinen Volksgenossen ähnlich, denn du beherbergst mich nun schon so lange, ohne danach zu fragen, wer ich eigentlich bin.“

„Ei, was solltest du jemand Anderer sein als ein entlaufener, germanischer Sklave?“, erwiderte der Fischer lächelnd. „Hattest wohl einen harten Herrn, der dich misshandelte, wie?“

„O nein! Meine Herrin war hold und gütig! Ich entlief ihr nicht. Sie schenkte mir selbst die Freiheit, als schweres Schicksal sie und ihr Haus traf.“

„Genug!“, sprach der Fischer. „Ich begehre nicht zu wissen, was es war. Wer viel erfährt, hat auch viele Sorgen! Und doch hätte sie dich nicht so allein in die Welt laufen lassen sollen. Wo willst du denn hin?“

„In meine Heimat, zu den tapferen Männern meines Stammes. Ich möchte zu den mächtigen Göttern meines Volkes!“, rief Siegmund begeistert.

„Armes Kind, du weißt nicht, was du wagst! Zwischen dir und deiner Heimat liegen hohe Gebirge. Wie willst du sie übersteigen?“

„O, ich werde wohl ein Lasttier finden, das mich hinüber trägt! Vor fast vier Jahren kam ich als Kriegsgefangener mit den Römern über jene Berge. Die Reise ging schnell von statten.“

„Ei ja, mit kundigen Führern, geübten Lasttieren und reichlichem Vorrat, in der Sommerzeit. Jetzt aber naht der Winter! Hier ist er mild, aber jene Bergpässe werden in wenigen Wochen so zugeschneit sein, dass niemand mehr hindurch dringen kann. Höre mich an! Du gefällst mir. Ich liebe die Germanen, sie sind wahre und treue Leute. Bleib doch bei mir, bis die Sonne jenen Schnee wieder geschmolzen hat. Dann bringe ich dich in meinem kleinen Schiff entlang der Küste zu einer Hafenstadt, wo ich Freunde habe. Dort findet sich vielleicht ein fahrender Händler oder Sänger, der dich mit über die Berge nimmt. Aber wirst du deine Heimat wieder finden?“

„Eine eigene habe ich nicht mehr“, sprach Siegmund traurig. „Mein Vater fiel im Kampf, Mutter und Schwester sind vielleicht auch gefangen oder sogar schon tot. Wenn ich aber erst auf germanischem Boden bin, dann bin ich auch daheim. In jedem Hofe wird man den Sohn Theodulfs, des Markomannenfürsten mit Freuden aufnehmen!“

Stolz hatte er sich bei den letzten Worten aufgerichtet, neigte sich aber gleich darauf vor dem Alten und sagte:

„Habe Dank für deine Gastfreundschaft, guter Vater! Gern bleibe ich den Winter durch bei dir und will dir dienen, wo ich kann. Nur vor dem Meer bangt mir ein wenig, so herrlich es auch aussieht. Aber sage mir, ist hier das Ende der Welt?“

„O nein! Jenseits des großen Wassers liegen noch andere Länder, die fast alle dem römischen Kaiser unterworfen sind.“

„Hast du sie selbst gesehen?“,

„Wo denkst du hin? Mein kleiner Kahn trägt mich nicht so weit. Ich behalte stets die Küste in Sicht, wenn ich ausfahre. Große, starke Schiffe mit mächtigen Segeln und vielen Ruderern kann man oft von hier aus sehen. Sie tragen die kühnen Seefahrer von einem Land zum anderen."

„Könnte nicht der Sturm auch dein kleines Schiff einmal ergreifen, dass du die Küste nicht wieder fändest?"

„Er könnte wohl, aber er darf es nicht! Neptun, der starke Meeresgott, dem ich oft ein Zicklein opfere, erlaubt es ihm nicht. Aber jetzt komm, es ist Essenszeit. Wir wollen uns einen Fisch kochen und einen Brotkuchen rösten."

Der Fischer hatte recht gehabt. Raue Winde fingen auch in diesem schönen, sonnigen Land an zu wehen. Häufige Regengüsse, sogar mit Schneeflocken vermischt, stellten sich ein, sodass Siegmund manchmal gern am kleinen Herdfeuer sitzen geblieben wäre. Aber der Alte war gegen das Wetter abgehärtet und der Knabe bezwang seine Schwäche. Er musste ja stark und frisch werden, um im Frühling die Heimat zu erreichen. So manchen Tag, ja auch manche Nacht verbrachten die Beiden auf den Meereswellen. Wohl wurden dem von vornehmen Frauen verwöhnten Liebling das Rudern und das Hochziehen der schweren Netze am Anfang zu schwer. Bald aber siegte seine frühere, kerngesunde Natur. Das Gefühl von Kraft und Mut, das er in den heimischen Wäldern gehabt hatte, kam wieder über ihn. Seine Arme wurden sehnig und seine Hände hart. Auch auf dem Lande gab es genug Arbeit. Von einer weit entfernten Quelle musste das Trinkwasser herbeigeholt werden und das Holz für den kleinen Herd – aus einem weit entlegenen Wäldchen. Zerrissene Netze waren auszubessern und neue zu stricken. War der Fang gelungen, so wanderten die Beiden mit schweren Körben beladen in das Städtchen, das viele Kilometer vom Meer entfernt lag. Von dem Erlös brachten sie alles heim, was sie für den kleinen Haushalt brauchten.

Der Fischer behandelte den Jungen nicht als Diener, sondern als einen Gastfreund. Doch war er sehr schweigsam und nur selten kam es zwischen den Beiden zu einem lebhaften Gespräch.

Siegmunds Herz war oft so voll von frohen und trüben Erinnerungen, von Bange und Hoffnung. In seinem lebhaften Geist stiegen so viele Fragen auf, die er gern seinem Beschützer mitgeteilt hätte. Aber der Alte ging nicht darauf ein.

„Das verstehe ich alles nicht“, sagte er dann. „Ich bin am Strand geboren, aufgewachsen und alt geworden. Der Strand und das Meer ist meine Welt. Da werde ich auch sterben.“

Eines Tages brachten Siegmund mit seinem Beschützer eine Last von Fischen ins Städtchen. Die letzten und besten davon verkauften sie in der Küche eines reichen Hauses. Der Küchenmeister, ein sehr gesprächiger Mann, setzte ihnen ein Essen vor und einen Becher Wein dazu. Während sie behaglich die seltene Mahlzeit verzehrten, unterhielt er sie mit allerlei Neuigkeiten aus dem Städtchen, die ihnen ziemlich gleichgültig waren. Wahrscheinlich hatte es ihn verärgert, dass der Fischer bei der Schilderung eines glänzenden Festes, das der Stadthauptmann gegeben hatte so teilnahmslos blieb und er besann sich auf interessantere Dinge.

„Wisst ihr auch“, begann er geheimnisvoll, „dass man in Rom endlich Gericht gehalten hat über eine Schar von Christen, die man schon vor Monaten mitten in ihrem Gottesdienst überraschte?“

„Was kümmern mich schon die Christen?“, brummte der Fischer. „Mein Gott ist Neptun und weiter brauche ich keinen Gott.“

Siegmund aber legte das Messer weg und konnte seine Erregung kaum verbergen.

„Es war an einem Wasser, in einem Garten“, fuhr der Koch fort. „Etliche waren eben getauft worden und trugen weiße Kleider. Zwei vornehme Frauen waren darunter, die man gern geschont hätte. Eine davon war Klaudia, die Gemahlin des stolzen Feldhauptmannes Luzius. Lange hat man sie alle gefangen gehalten und redete ihnen süß und sauer zu, den Göttern nur ein paar Körnchen Weihrauch zu streuen. Aber sie waren ganz betört und taten es nicht. Nun hat man sie neulich bei Jupiters Fest alle in den Zirkus geführt, wo die wilden Tiere ein schnelles Ende mit ihnen machten.“

„Auch mit den edlen Frauen?“, fragte der Knabe mit bebender Stimme.

„Ei, wie bleich du wirst! Was gehen sie dich an? Sie waren die Tapfersten von allen! Mein Freund, der es selbst mit angesehen hat, erzählte, sie hätten Hand in Hand dagestanden. Sie schauten zum Himmel auf und riefen laut den Namen des Nazareners an. Plötzlich stürzte sich ein Löwe auf sie und in wenigen Augenblicken war alles vorüber. Aber das Volk..."

Lautes Schluchzen unterbrach den Erzähler. Siegmund hatte sein Antlitz verhüllt und weinte herzzerreißend.

„Das hättest du nicht erzählen sollen", sagte der Fischer. „Der Junge ist zu weichmütig. Komm, Siegmund, lass uns nach Hause gehen, damit uns die Nacht nicht überfällt. Aber das sage ich: Es ist grausam, zarte Frauen zu ermorden, die keinem ein Leid tun!"

„Hüte dich!", spottete der Koch. „Du willst wohl auch noch ein Christ werden?"

„Habe ich dir nicht oft genug gesagt, dass Neptun mein Gott ist? Für das gute Essen habe Dank, aber nicht für die böse Rede! Gehab dich wohl!"

Schweigend wanderten die beiden der Heimat zu. Doch der Fischer merkte wohl, dass Siegmund im Stillen noch viele Tränen vergoss.

Als sie endlich beim Schein der kleinen Tramlampe saßen, fragte er ihn: „Mein armer Junge, war etwa eine der beiden Frauen deine Herrin?"

„So ist es, Vater! O, meine gute, milde Herrin! Die edle Klaudia war mir fast eine Mutter!"

„Hörtest du bei ihr von diesem Jesus?"

„Ja, sehr viel. Zu viel für die Ruhe meines Herzens."

„Du musst ruhiger werden, mein Sohn! Wodan ist dein Gott, wie du sagst, der meine ist Neptun. Deine Herrin hielt diesen Jesus für ihren Gott. Was ist dabei, das dich beunruhigen könnte? Erzähle mir ein wenig von diesem neuesten Gott, der zarte Frauen so mutig macht. Hu! Ein Löwe ist ein schreckliches Tier!"

Eine Weile saß Siegmund in Gedanken versunken da. Scheu sah er sich dann um, als könne in den dunklen Winkeln der Hütte jemand lauschen und erzählte dann kurz und schlicht die Geschichte von der Geburt des Heilands.

Er wusste sie fast auswendig, da Silvias Kinder sie immer wieder hatten hören wollen. Bald unterbrach ihn der Fischer.

„Es ist Schlafenszeit! Wir liegen auch auf Heu und Stroh wie dieser ärmliche Gott."

Aber am nächsten Abend wollte er mehr davon hören, am dritten noch mehr und so ging es jeden Abend. Siegmund schaute sich nicht mehr ängstlich um, wenn er sprach. Er dachte schon während der Tagesarbeit darüber nach, was er heute Abend erzählen wollte. Wie einem Maler die Gestalten seines Bildes im Herzen leben, als wären es wirkliche Menschen, so wurde auch dem Jungen die Gestalt des Heilands immer klarer und lebendiger, je mehr er von ihm redete. Lange Zeit merkte er nicht, ob seine Worte Eindruck auf das verschlossene Gemüt des Alten machten, aber endlich sagte er doch etwas dazu:

„Aus zwei Gründen gefällt mir dieser Jesus. Er erbarmte sich der Schwachen, der Armen, der Sünder und er wählte sich einfache Fischer zu seinen Jüngern. Aber das glaube ich niemals, dass er durch ein Wort das Meer gestillt haben soll. O nein, Neptun lässt sich seine Macht nicht nehmen! Er selbst hat Erbarmen mit den harmlosen Männern gehabt und das Brausen des Sturmes gestillt. Morgen früh will ich ihm eins unserer jungen Zicklein opfern und dann wollen wir ausfahren zu einem tüchtigen Fang, denn das Wetter ist günstig. Wer weiß, ob es nicht die letzte Fahrt ist, die wir zusammen machen! Der Winter ist vergangen und dich zieht es in die Heimat! Wenn der Fang gelingt, kaufe ich dir im Städtchen ein neues Gewand und feste Schuhe. Barfuß und im Ziegenfell schicke ich dich nicht auf die Reise!“

Noch vor wenigen Wochen hätte Siegmunds Herz gejubelt bei dieser Aussicht. – Aber jetzt war ihm fast Bange davor von diesem fremden Lande Abschied zu nehmen. Warum nur? Was hatte er hier gefunden, das er nun dahinten lassen sollte, was ihm aber so teuer und kostbar war? Er wusste es selbst nicht genau und er hatte wenig Zeit um darüber nachzudenken. Müde von der Arbeit schlief er am Abend schnell ein.

Am Morgen gab es viel für die Ausfahrt zu rüsten. Von einigen Steinen baute der Fischer einen kleinen Altar, legte das Zicklein darauf und schlachtete es, indem er den Meergott mit lauter Stimme um Schutz und Segen für die Fahrt anrief. Dann schleuderte er es weit hinaus in die Wellen und wartete lange Zeit, um zu schauen, ob sie es nicht etwa zurück werfen würden. Nein, sie behielten es! Neptun hatte das Opfer angenommen. Seine Gunst war dem Alten nun wieder für einige Zeit sicher.

Bei klarem Himmel und ruhiger See fuhren sie aus. Diesmal weiter als sonst, da es galt, eine Art von Fischen zu fangen, die sich dem Ufer nicht so

leicht näherten. Deshalb hatten sie nicht den kleinen Nachen, sondern das etwas größere Schiff genommen, das sogar ein Segel besaß. In fröhlicher Hoffnung waren sie ausgefahren, aber es schien, als wollte sie sich nicht erfüllen. So oft sie die Netze auch auswarfen, zogen sie sie doch immer wieder leer heraus.

„Ei, wir müssen etwas fangen!“, rief der Alte ärgerlich. „Wofür hätte ich denn sonst das schönste Zicklein geopfert? Es war das weiße, das dir so gut gefiel. Vorwärts, Junge, noch einmal auswerfen, so tief wie nur möglich! Sie müssen kommen!“

Aber sie kamen nicht! Wohl aber verdüsterte sich der Himmel und ein seltsames Pfeifen und Sausen in der Luft deutete auf den nahenden Sturm.

„Steuere heimwärts, Siegmund, es kommt ein Sturm auf!“, gebot der Fischer, während er das Segel einzog.

„Wenn uns der Wind nur zu Lande treibt!“

Doch der Wind tat gerade das Gegenteil! Mit unwiderstehlicher Gewalt jagte er das schwache Fahrzeug in das Weite, bis die Küste allmählich vor den Augen der Beiden verschwand. Nun brach das Wetter los! Die Blitze zuckten, der Donner rollte, und ein Wirbelwind drehte das Schiff im Kreise umher, dass selbst der erfahrene Fischer keine Ahnung hatte, in welcher Gegend die Heimat lag.

Endlich zog das Gewitter vorüber, aber der Himmel wölbte sich in bleigrauem Ton über der tobenden Flut. Das Rudern hatte man längst aufgeben müssen, die Wellen gingen viel zu hoch. Aber das Schlimmste war, dass bei beiden die Kräfte entschwanden. Den Korb mit dem Vorrat hatten die Wellen über Bord gespült. Die Todesangst war noch ermattender als der Hunger. Stunde für Stunde verging. Planlos trieben sie dahin. Der Alte sank verzweifelnd auf den Boden seines kleinen Schiffes.

„O Neptun, du trügerischer Gott!“, seufzte er. „Wie schlecht lohnst du mir, dass ich dir mein Leben lang gedient habe! Bald wird die Nacht herein brechen, aber den Morgen werden wir nicht mehr sehen.“

„Doch, den werden wir erleben!“, rief Siegmund plötzlich begeistert. „Ich weiß, was ich tun werde: Ich will Jesus, den Sohn des lebendigen Gottes, anrufen, der einst das Meer gestillt hat und zum Sturme sprach: „Schweig und verstumme!“ Wenn er uns hilft, so soll er mein Gott sein und dann will ich ihm allein mein Leben lang dienen!“

„Tu es nicht, tu es bitte nicht!“, warnte der Fischer. „Du reizt den Zorn der alten Götter nur noch mehr.“

Aber Siegmund hatte sich auf die Knie geworfen, streckte die Hände dem Himmel entgegen und rief: „Herr, hilf uns! Herr, hilf uns, wir verderben hier sonst!“ Und nun hoffte er, dass das Meer ganz stille werden und sich das ersehnte Land am Horizont zeigen würde. Aber die Wellen tobten fort. Nur in Siegmunds Herzen war es ganz still geworden.

Doch, was war das? Dort drüben erblickte er etwas, das sich mit den schäumenden Wogen hob und senkte. Gespannt und atemlos schaute er hin.

Immer näher kam es. Es war ein Schiff, so groß, wie er noch nie eins gesehen hatte.

„Wir sind gerettet!“, jubelte er dem Fischer zu. Der aber hörte diesen Jubelruf nicht mehr. Die Angst vor dem Zorn seiner Götter hatte ihn vollends überwältigt. Ohnmächtig lag er auf dem Boden des Schiffes.

Aber Siegmund rief mit aller Kraft um Hilfe. Dabei schwenkte er sein abgeworfenes Gewand in der Luft und endlich – endlich bemerkte man ihn. Schon nach kurzer Zeit stieg er die Strickleiter hinauf an Bord des großen Schiffes, wo man den bewusstlosen Alten schon mit großer Mühe hingebracht hatte. Kaum fühlte der Knabe festen Boden unter seinen Füßen, so fiel er, alle Vorsicht vergessend, auf die Knie und rief, indem ein Strom von Tränen aus seinen Augen brach: „Jesus, du Sohn Gottes, du Seligmacher der ganzen Welt – ich danke dir! Ich bin dein, dein, ja dein im Leben und im Tod!“

Wäre der Schiffsherr ein Heide gewesen, so hätte das erste Gebet des Germanen in jener Verfolgungszeit leicht sein letztes sein können. Aber, dieser stattlicher Mann, in besserer Kleidung als das Schiffsvolk, trat mit den freundlichen Worten auf ihn zu:

„Sei mir gegrüßt, mein junger Bruder! Komm und küsse mich! Gelobt sei der Herr, dass ich einen Christen retten durfte!“ Und ehe sich Siegmund versah, hatte der vornehme Mann die Arme um ihn geschlungen und ihn väterlich auf die Stirn geküsst.

„Ich bin jetzt eben erst ein Christ geworden“, stammelte Siegmund. „Getauft bin ich noch nicht.“

„Du betest zu Jesus“, sprach der Mann, „darum liebe ich dich! Sorgt für den Alten. Dem Jungen aber bereitet ein Lager in meinem Raum!“, befahl er und entfernte sich.

Siegmund war so ermüdet, dass er, trotz der mächtigen Erregung seiner Seele, sogleich in einen festen, tiefen Schlaf sank, als er sich wohlgesättigt, auf ein weiches, reinliches Lager ausstreckte. Er merkte es nicht, dass der Schiffsherr hereinkam und mit einer kleinen Lampe das Gesicht des Jungen beleuchtete. Wohlgefällig betrachtete er ihn, ehe er sich am Morgen mit erhobenen Händen auf dem rauen Boden niederkniete um inbrünstig für seinen jungen Gast zu beten, bevor er den Schlafraum verließ. Als Siegmund am nächsten Morgen endlich erwachte, lag neben ihm ein sauberes Gewandt. Auf dem Boden stand ein Gefäß mit Wasser zur Reinigung, die er sehr nötig hatte.

Als er frisch und gestärkt aus dem düsteren Raum emporstieg, strahlte die Sonne freundlich am tiefblauen Himmel. Die Wellen hatten sich beruhigt und wie ein stolzer Schwan glitt das schöne große Schiff mit vollen Segeln dahin, getrieben von einem sanften, günstigen Wind. Der alte Fischer hatte sich mit der Schiffsmannschaft schon bekannt gemacht und bewunderte alles, was er auf dem prächtigen Fahrzeug sah.

„Nun, Siegmund“, rief er dem Knaben zu, „dein neuer Gott hat sich mächtiger erwiesen als mein alter. Wer weiß, ob ich nicht auch noch sein Diener werde! Aber hör mal her und staune! Wir müssen nach der Provinz Afrika mitfahren. Mir ist es ja gleich. Eine kleine Hütte, einen Kahn und ein Netz finde ich wohl auch dort. Aber du, armer Junge, wie wirst du nun die ersehnte Heimat erreichen?“

„Ich habe sie schon erreicht!“, erwiderte Siegmund mit tiefem Ernst. „Meine Heimat ist dort, wo ich mehr und mehr von Jesus hören kann. O guter Vater, mein Herz ist wunderbar verwandelt! Der Kampf, der so lange darin geherrscht hat, ist vorbei! Ein süßer Friede ist in mein Herz eingezogen!“

„He, Knabe!“, rief jetzt einer der Schiffsleute. „Der Herr begehrt dich zu sprechen. Neige dich vor ihm, er ist ein gewaltiger Mann.“

Unter einem Zeltdach saß der Schiffsherr auf einem Kissen. Ein Buch und eine Schreibtafel lagen neben ihm. Mit einem Anstand, den er in Klaudias Hause gelernt hatte, begrüßte Siegmund ihn.

„Setze dich zu mir, Kind“, gebot der Mann. „Sage mir – woher kommst du? Und was trieb dich dazu, zum ersten Mal, wie du sagtest, den Heiland der Welt anzurufen?“

„O, Herr“, erwiderte Siegmund, „es ist eine sehr lange Geschichte. Sie begann schon vor vier Jahren. Soll ich sie wirklich erzählen?“

„Wenn du Vertrauen zu mir hast, ja! Ich bin ein Christ, deine Geheimnisse sind sicher bei mir.“

„O, ein Geheimnis ist nicht dabei. Nur hier, im inneren meines Herzens ist vieles vorgegangen, was ich nicht begreifen kann."

Und dann erzählte der Junge, erst ruhig und bedächtig, aber dann immer feuriger, die Schicksale seines jungen Lebens. Während er die äußeren Ereignisse kurz und schlicht berichtete, verweilte er um so länger bei dem heftigen Zwiespalt, der in seiner Seele geherrscht hatte, seit er zum ersten Mal aus Silvias Mund von Jesus gehört hatte.

„Es war", so schloss er endlich, „als ob die alten Götter meines Volkes in meiner Brust gegen den neuen Gott kämpften. Aber der neue wurde immer mächtiger und gestern siegte er endlich ganz! O wie still es jetzt in mir ist! Wie selig bin ich! Woher kommt das, Herr?"

„Es ist Gottes Gnade, mein Kind. Doch es wird nicht immer so bleiben! Genieße es dankbar, aber scheue den Kampf nicht, wenn er vom Neuen beginnt. Mit Jesus wirst du immer siegen. Lass mich jetzt allein. Schau dir das Schiff an, bis ich dich wieder rufen lasse."

„Dort liegt ein Buch, Herr", sprach der Junge zögernd. „Den ganzen Winter habe ich keins gesehen. Erlaubst du mir, dass ich ein wenig darin lese?"

„Du kannst lesen? Das ist schön! Setz dich dort in den Schatten und lies darin, soviel du willst."

Wie lange der Junge dort so gesessen hatte, wusste er später nicht mehr. Das Buch war das Evangelium nach Matthäus und Siegmund las es mit glühendem Eifer. Er dachte oft lange über einen kurzen Satz voll göttlicher Kraft und göttlicher Weisheit nach.

Zur selben Zeit ging der Schiffsherr tief in Gedanken versunken auf und ab. Sein Blick ruhte ab und zu forschend auf dem hübschen lesenden Knaben. Bald rief ihn die Pflicht zu allerlei Geschäften. Dann kam die Mittagsmahlzeit und der Tag neigte sich dem Ende zu, noch bevor er die Zeit fand, um sich weiter mit dem jungen Gast zu unterhalten.

„Nun, mein Sohn“, begann er, „wie hast du die Zeit verbracht?“

„Ich habe viel gelesen, auch den Schiffsknechten ein wenig bei der Arbeit geholfen. Aber o, du hattest Recht. Der Kampf hier drinnen hat schon wieder begonnen.“ Mit tiefem Seufzen legte er die Hand auf die Brust.

„Wie? Bereust du es schon, dass du dein Leben Christus übergeben hast?“

„O, nein, nein! Er ist der wahre Gott, das glaube ich fest. Ich möchte ihm so gerne dienen, aber ach, das kann ich nicht!“

„Aber warum denn nicht?“

„Es ist zu schwer! O, Herr, in deinem Buch las ich die Worte: ‚Liebet eure Feinde, segnet, die euch fluchen, tut wohl denen, die euch hassen, bittet für die, die euch beleidigen und verfolgen.‘ – Das kann ich nicht, nein, niemals! Wie könnte ich die Menschen lieben, die meinen Vater erschlugen und die mich gefangen fortführten? Wie könnte ich die segnen, die die edle Klaudia mordeten? Das ist unmöglich!“

„Ja, mein Kind, dem menschlichen Herzen ist es unmöglich, aber wer sich Jesum ganz ergibt, lernt dieses Verhalten nach und nach ein wenig von Ihm.“

„Ich weiß“, unterbrach ihn der Junge. „Die edle Silvia konnte es. Sie tat denen wohl, die sie oft beleidigt hatten. Aber sie war eine Frau! Ich will! Ich will ein Mann werden und kann es nicht. Mein Herz sträubt sich dagegen mit aller Macht!“

„Erkenne daraus, mein Sohn, dass du ein Sünder bist. Schau, diese Rachsucht, dieser Stolz und Zorn, das sind auch Sünden, die Jesus für dich gebüßt hat.“

„Wie hat er das getan?“

„Das weißt du noch nicht und willst doch ein Christ sein? Du hast noch viel, sehr viel zu lernen! Merke dir für heute nur das eine: Als Jesus litt und sterben musste, trug er die Sünden der ganzen Welt, also auch deine Sünden. Alle, die an ihn glauben, sind nun vor Gottes Augen rein und heilig und gehen, wenn sie sterben, zum Himmel ein. Aber aus Liebe und Dankbarkeit zu Gott bekämpfen sie nun die Sünden in ihrem Herzen und lassen sie nicht mehr herrschen. Verstehst du das?“

„Ja, Herr! Es gefiel mir nicht, dass Jesus sich gar nicht gegen seine Feinde wehrte. Ich scheute mich, Silvia danach zu fragen. Und doch war sein Leiden und Sterben das Allerbeste von allem, was er tat?“

„Ja, mein Sohn, es war das, wodurch wir selig werden können.“

„O Herr, behalte mich doch eine Zeitlang bei dir und lehre mich! Ich will dir gern dafür dienen. Von einem Mann werde ich besser lernen als von Frauen. Aber höre, ein Sklave werde ich nicht wieder. Klaudia schenkte mir die Freiheit!“

Der Schiffsherr lächelte: „Du sollst frei bleiben, mein Sohn! Ich werde für dich sorgen, denn du gefällst mir. Jetzt sollst du mir aber einige Fragen beantworten. Hast du es ganz genau gesehen, dass dein Vater getötet wurde?“

„O, nur zu genau!“

„Und wie wurdest du von deiner Mutter getrennt?“

„Ich lief neben dem bepackten Wagen her, auf dem sie mit der Schwester saß. Wir waren bei der Nachhut. Habgierige römische Soldaten verfolgten uns. Ich fiel über einen Stein und Flüchtende gingen über mich hinweg. Als ich mich endlich aufraffen konnte, packte mich schon einer der Verfolger beim Arm und schleppte mich fort.“

„Hast du Hoffnung, dass deine Mutter noch lebt?“

„Ja, Herr. Germanische Frauen fürchten den Tod nicht. Sie suchen ihn sogar auf, wenn sie Witwen geworden sind. Aber ich weiß, um Liebtrauts Willen wird die Mutter leben.“

„Liebtraut hieß dein Schwesterlein? Und welchen Namen trug die Mutter?“

„Gunhilde wurde sie genannt. O Herr, warum sprichst du davon? O meine Mutter, mein Schwesterlein! Werden sie nicht in das schöne Himmelreich kommen, weil sie Jesum nicht kennen?“

„Weine nicht, armer Junge! Gottes Wege sind wunderbar, ja unaussprechlich wunderbar!“ Damit wandte er sich ab.

Siegmund aber sah ihn noch lange an der Brustwehr des Schiffes stehen, die Hände emporgehoben in stillem Gebet.

Bei heiterem Wetter und ruhiger See ging die Reise schnell und gut von Statten. Täglich fand der Schiffsherr Zeit, um mit dem Jungen zu sprechen und die vielen Fragen zu beantworten, die in dem jungen, feurigen Geist aufstiegen. Er erzählte ihm auch, dass er ein Kaufmann sei, und auf diesem Schiff viele kostbare Ware nach Gallien gebracht und dagegen andere eingehandelt habe. „Jetzt aber will ich einige Zeit auf meinem schönen Landgut verleben, das nicht weit von der Stadt Karthago liegt. Du sollst mich dahin begleiten. Meine beiden Söhne sollen deine Freunde werden und ich weiß, du wirst dort glücklich sein.“

„Habe herzlich Dank für deine Güte!“, erwiderte Siegmund. „Aber lange kann ich nicht bei dir bleiben. Mir ist es diese Nacht so schwer aufs Herz gefallen, dass mein Volk nichts von Jesus weiß. Ich muss hin und ihnen die gute Botschaft bringen! Sie sollen alle, alle selig werden!“

Begeistert hatte der Knabe gesprochen, aber der Mann legte lächelnd die Hand auf seine Schulter und sagte:

„Törichtes Kind! Lerne erst selbst, ehe du dich dazu verpflichtest, andere zu lehren.“

Siegmund errötete tief. Ach, es war nur allzu wahr! Er wusste noch sehr, sehr wenig. Aber er wollte lernen und sein großes Ziel im Auge behalten.

Endlich kam der frohe Tag, an dem die Schiffer jubelnd das Land begrüßten. Ein herrliches Ufer wurde sichtbar und ehe die Sonne unterging, lief das Schiff in den Hafen von Karthago ein. Unruhige Tage folgten. Waren wurden ausgeladen, Kaufleute kamen, um mit dem Schiffsherrn zu handeln. Viel, viel Neues gab es in der fremden Stadt zu sehen. Heiß schien die Sonne vom wolkenlosen Himmel und ließ Blumen blühen und Früchte reifen, die Siegmund noch nie gesehen hatte. Auch braune Männer sah er hier mit funkelnden Augen und langem schwarzen Haar. Sie waren in weiße Mäntel gehüllt und führten Kamele mit sich, die hochbeladen mit Waren aus Nubien und Ägypten waren. Auch schwarze Afrikaner gab es hier mit wolligem Haar und in seltsamem funkelndem Schmuck. Der Junge betrachtete sie zwar neugierig, doch wie freudig klopfte sein Herz, wenn er unter der Volksmenge einen blonden Kopf und ein blauäugiges Gesicht sah! Also gab es auch hier Leute seines Volkes, wenn auch nur wenige!

Von dem Fischer musste er Abschied nehmen. Berufsgenossen hatten ihm eine Hütte am Meeresstrand verschafft. Dort wollte er ruhig weiterleben wie daheim.

„Aber höre“, sprach er zu Siegmund, „ich opfere dem Neptun kein Zicklein mehr! Das schöne, weiße bedauere ich noch. Wer weiß, ob ich nicht auch noch ein Christ werde!“

Endlich waren alle Geschäfte erledigt und Siegmund saß mit seinem Beschützer in einem lustigen Wagen, der durch Vorhänge vor den Sonnenstrahlen geschützt war. Sie waren unterwegs zu dem Landgut.

„Wird deine Ehefrau mich, armen Fremdling, auch so freundlich aufnehmen wie du?“, fragte Siegmund nach langem Schweigen.

„Schon lange entbehrt mein Haus der Herrin und meine Söhne der Mutter“, erwiderte der Kaufmann traurig. „Fast drei Jahre sind vergangen, seit meine liebe Frau am Fieber starb. Doch ist Gott sehr gnädig gewesen. Er hat uns eine Dienerin zugeführt, die liebevoll für alles sorgt. Dich wird sie sicher besonders wert halten, da sie germanischer Herkunft ist.“

„Wie kam sie in dies ferne Land?“, fragte der Junge.

„Ich kaufte sie und ihr Töchterchen vor vier Jahren auf dem Sklavenmarkt einer italienischen Hafenstadt. Doch ich habe ihr längst die Freiheit geschenkt. Hoch geehrt waltet Frau Hanna in dem großen Haushalt und die holde Kleine ist aller Liebling.“

Einen Augenblick war in Siegmund Herzen ein Hoffnungsstrahl aufgeleuchtet. Was wäre, wenn diese beiden Sklavinnen Mutter und Schwesterchen wären? Der Gedanke war zu süß und zu entzückend, um wahr zu werden. Der fremde Name tötete das Hoffen im Keim, und der Junge versank in trübes Schweigen.

„Schau, dort ist das Haus!“, rief sein Beschützer endlich. Da stand es auf einer sanften Anhöhe. Seine weißen Säulen glänzten durch das dunkle Grün der Palmen und Orangenbäume.

Nun führte der Weg durch herrliche Pflanzungen und Gärten, in denen viele Sklaven mit allerlei Arbeit beschäftigt waren. Aber jeder ließ für eine Weile die Hände ruhen, um den freundlichen Herrn zu begrüßen, der für alle ein gutes Wort und ein kleines Lob hatte. Einige Jungen liefen währenddessen dem Hause zu, um seine Ankunft zu melden. Der Wagen hielt, und die Reisenden schritten dem Tor zu, das in den Hof führte. Da sprangen die Söhne des Kaufmanns dem Vater jubelnd entgegen und hingen ihm am Hals.

„Wir hörten, dass das Schiff angekommen sei“, sprach der vierzehnjährige Paulus, „und wären so gern in die Stadt gefahren, um dich zu begrüßen. Aber der Lehrer erlaubte es nicht. Er meinte, es würde dich nur stören.“

„Damit hatte er sehr Recht. Wenn ihr fleißig gelernt habt, sollt ihr nun einige freie Tage haben. Seht, ich bringe euch einen Gast mit! Nehmt ihn freundlich auf, er hat viel Schweres erlebt.“

Paulus reichte Siegmund die Hand und blickte ihn mit den dunklen Augen forschend an. „Sei

mein Freund!“, sprach er endlich. „Dein Gesicht ist gut und klug. Du gefällst mir.“

„Und mir auch!“, rief der viel kleinere Titus. „Ich habe einen bunten Papagei und ein possierliches Äffchen, das viele Kunststücke kann. Da sollst du wieder lachen lernen. Du schaust mir viel zu ernst.“

Sie waren in den Hof getreten, wo ein großer Springbrunnen angenehme Kühle verbreitete. In der weiten von Säulen getragenen Vorhalle des Hauses hatten sich die Diener versammelt, um den Herrn zu begrüßen. In ihrer Mitte stand eine hohe Frauengestalt im schlichten Gewande, das Haupt mit einem Schleiertuch bedeckt, nach Art der Witwen. Doch stahlen sich darunter ein paar helle, weiche Locken hervor, die das ernste Gesicht umspielten. Jetzt erhob sie den Kopf und ihre Augen begegneten denen des jungen Gastes. Beide blieben stehen und schauten einander an, als sähen sie einen wunderbaren Traum. Dann aber liefen sie sich entgegen mit den Rufen: „Siegmund, mein Sohn!“ „Meine Mutter!“

Weinend hielten sie einander fest umfasst. Alles um sich herum hatten sie vergessen.

Da hüpfte ein feines, etwa zehnjähriges Mädchen herbei, um die Blumen, die es im Garten gepflückt hatte, dem Hausherr zu bringen. Er neigte sich zu ihr nieder und sprach einige leise Worte. Verwundert sah sie ihn an, als könnte sie der Rede kaum glauben. Dann näherte sie sich zaghaft den Beiden, zupfte Siegmund am Gewand und sprach: „Lieber Bruder, hier ist auch Liebtraut, dein Schwesterchen!“

Nun gab es ein neues, fröhliches Erkennen. Denn Liebtrauts Gesicht trug nicht den Zug stiller Trauer wie das der Mutter, sondern strahlte in harmlosem Kindesglück.

„Man lasse die drei allein, dort auf der Bank unter den Bäumen“, gebot der Kaufmann. „Eilet ihr Mägde und bereitet das Essen! Frau Hanna und ihre Kinder sitzen heute mit mir zu Tisch. Schmückt auch die Tafel aufs Schönste! Nicht wegen meiner Heimkehr, sondern weil der gütige Gott einer trauernden Witwe den edlen Sohn wiedergegeben hat.“

Ganz still saßen die drei zusammen unter der grünen Laube. Nur dann und wann tauschten sie eine sanfte Liebkosung aus und wechselten einige

Worte in der trauten, alten Muttersprache, die Liebtraut schon nicht mehr geläufig war.

„Sage mir nur eins, geliebte Mutter!“, bat Siegmund endlich. „Warum nennt man dich Hanna?“

„In der heiligen Taufe gab man mir diesen Zunamen“, sprach die Mutter zögernd. „O, mein Sohn, wirst du mich weniger lieben, vielleicht sogar hassen, wenn du hörst, dass ich eine Christin bin?“

„Nicht weniger, tausendmal mehr liebe ich dich!“, rief der Junge. „Denn auch ich glaube an den Sohn Gottes und sage ab Wodan und allen falschen Göttern!“

„Still!“, flüsterte die Mutter. „Nenne die alten Götter nicht vor Liebtrauts Ohren. Sie soll sie vergessen, damit ihr der Kampf erspart bleibt, den ich und wohl auch du durchkämpfen musstest. O mein Sohn! In welchem Jammer, in welcher Verzweiflung ich war, als man mich hierher brachte, das ahnst du kaum! Leben mochte ich nicht, seit ich deinen Vater sterben sah. Den Tod durfte ich nicht suchen um des Kindes willen! Du warst mir genommen. Du mein Stolz, meine Hoffnung, der einzige Ersatz für den gefallenen Helden! Und siehe, schon nach zwei kurzen Jahren war mein ganzes Herz verwandelt. Jesus, der den Sturm auf dem Meere stillte, hat ihn auch in meiner Seele gestillt. Die Ehefrau des Hausherrn war es, die mich zum Glauben führte, mit unendlicher Geduld und Sanftmut, viel weniger durch Worte als durch ihr ganzes Wesen! Und als sie vor zwei Jahren ins Himmelreich einging, war das Werk vollendet.

Aus der verzweifelten Gunhilde war eine stille Hanna geworden."

„Auch ich hörte die frohe Botschaft von Jesus zuerst aus dem Munde zarter Frauen. Ach, meine Mutter! Eines grausamen Todes mussten sie beide sterben, denen ich das Heil verdanke. Später erzählen wir uns dies alles. Heute wollen wir uns nur über das Wiedersehen freuen."

War schon das Leben in Silvias Hause schön gewesen, so war es hier doch noch viel, viel schöner. Noch einmal durfte Siegmund zu dem frischen, fröhlichen Leben zurückkehren, das er als verwöhnter Günstling vornehmer Frauen manchmal schmerzlich vermisst hatte. Vom ersten Tag an hielten ihn Paulus und Titus wie einen Bruder und er teilte Arbeit und Erholung mit ihnen. Es war echte, strenge Arbeit, denn täglich kam ein gelehrter Mann aus der Stadt zu ihnen gefahren, um die Jungen in allerlei weltliche Wissenschaft einzuführen. Siegmund merkte bald, dass er kaum so viel wusste wie der kleine Titus und studierte mit eisernem Fleiß und gutem Erfolg. Fast zu schön waren die Stunden, in denen die drei Jungen mit Liebtraut zu Füßen des Hausvaters saßen, um von ihm das Wort Gottes zu lernen. Dann war auch Frau Hanna dabei, die eifrig die Spindel drehte und noch eifriger zuhörte.

Dennoch gab es noch genug Erholungszeit, in der die Jungen sich im Laufen und Springen, im Fechten und Bogenschießen übten und allerlei

Kurzweile trieben. Aber das Allerbeste brachte der Abend. Nicht weit vom Haus entfernt stand unter schattigen Bäumen eine geräumige Hütte. Diese gab der Hausherr Frau Hanna zur Wohnung, damit sie nach der Arbeit mit ihren Kindern allein sein konnte, ohne von der übrigen Dienerschaft gestört zu werden. Wohnlich und zierlich wurde das Häuschen eingerichtet. Es erinnerte aber doch durch seine Einfachheit ein wenig an die traute Heimat im deutschen Walde.

Auf der kleinen Bank vor der Tür, verlebten Mutter und Kinder glückliche Stunden. Sie erzählten einander ihre Erlebnisse und öffneten rückhaltlos ihre Herzen. Wenn Siegmund schon auf seinem Lager ruhte, wurde der Vorhang, der ihn umgab, oft noch einmal zurückgeschlagen und die treue Mutter beugte sich über ihn. Es war wie damals, als er auf dem rauen Wolfsfell lag.

Es waren herrliche Tage, wenn alle Gläubigen des großen Haushaltes – und das waren sehr viele – zu Fuß und auch zu Wagen in die Stadt zogen, um in dem großen, schön geschmückten Bethaus dem Gottesdienst beizuwohnen. Erst Jahre später wütete die Verfolgung auch hier. Jetzt durfte man sich noch im Frieden versammeln. Bald konnte Siegmund in die herrlichen Psalmen und Lieder mit einstimmen. Und von der Predigt des ehrwürdigen Bischofs wusste er stets mehr wiederzugeben als Paulus und Titus. Sein ganzes Herz sehnte sich danach, bald völlig in die Gemeinschaft der Christen aufgenommen zu werden. Und endlich kam der selige Tag, wo er mit lauter, fester Stimme seinen Glauben bekennen und die Taufe empfangen durfte. Als man ihm aber das weiße Taufkleid überwarf, strömten heiße Tränen über seine Wangen, denn er gedachte an die edlen Frauen, die sich ihm, den Verlassenen, so liebevoll angenommen hatten und denen das Taufkleid zugleich das Sterbekleid geworden war.

Jetzt durfte er in tiefster Andacht den Leib und das Blut des Herrn empfangen. O wie selig ihn das machte! Wie stärkte es ihn immer wieder von neuem im Kampf gegen die Sünde, die so mächtig in seiner kräftigen Natur war. Zorn, Hass, Ehrgeiz und Rachsucht, die man ihm in früher Kindheit als edle männliche Eigenschaften gerühmt hatte, regten sich noch oft in seiner Seele. Ja, sogar die Gestalten der alten Götter erschienen ihm noch manchmal herrlich und mächtig, so dass er, von heißer Angst befallen, zur Mutter flüchtete. Bei ihr fand er Verständnis, Trost und Frieden, denn sie hatte Ähnliches durchgekämpft wie er.

Viele Jahre waren vergangen. Der fromme Kaufherr hatte manche weite Reise zu Wasser und zu Lande gemacht. Nun aber war sein Haar grau und seine Kraft lahm geworden. Er lebte ruhig in dem schönen Landhaus. Paulus war an seine Stelle getreten und unter seiner Hand mehrte sich der Reichtum. Er hatte Liebtraut zur Ehefrau erwählt, die nun als milde Herrin in dem großen Haushalt waltete und treu von der lieben Mutter beraten wurde. Diese sah ihre größte Lust an zwei holden Enkelkindern. Der Junge war blond und blauäugig wie die Mutter, das Mädchen schlank, dunkel und fein wie der Vater.

Titus, der von klein auf einen etwas unruhigen Sinn hatte, verließ die Heimat.

Noch immer wanderten die Hausgenossen fleißig zum Gottesdienst in die Stadt. So oft nun statt des Bischofs der junge Diakon, ein hoch gewachsener blondhaariger Mann, den Predigtstuhl betrat, flog heller Freudenschein über Frau Hannas Gesicht. Niemals klang ihrem Herzen das Wort Gottes süßer, als wenn es der geliebte Sohn verkündigte.

Jahrelang hatte der feurige, reich begabte Jüngling gehofft, hinziehen zu dürfen in die dunklen Wälder seines Vaterlandes, um seinem Volk das Heil in Christo zu bringen. Aber nach und nach, als sein Geist reifer und ruhiger wurde, hatte er eingesehen, dass die Zeit der Heimsuchung für das Land der Germanen noch nicht gekommen sei. Immer neue blutige Kriege, stendiges Wechseln der Wohnstätten bei wildem Trotz und ungebeugtem Mut verhinderten für jetzt noch den Einzug des Friedefürsten.

Hier in seiner neuen Heimat aber hatte sich das Christentum mehr und mehr ausgebreitet und stand in herrlicher Blüte. O, wie musste er Gott dafür danken, dass er ihn, den armen Flüchtling, gewürdigt hatte, sein Diener zu werden! Unermüdlich arbeitete er in seinem schweren Amt. Er lehrte die Unwissenden, tröstete die Traurigen, pflegte die Kranken und sorgte für die Armen. Mit warmer Liebe umfasste er sie alle.

Nach Jahren ruhiger, gesegneter Arbeit kam auch für ihn eine Zeit des Leidens, denn schwere Verfolgung brach über die afrikanischen Christen herein. Wie ein gehetztes Wild musste er vor der Wut seiner Feinde fliehen, Hunger und Durst, Wunden und Qualen und eine lange, schwere Gefangenschaft erdulden. Dennoch errettete ihn Gottes Hand immer wieder, und er nahm die Befreiung mit Lob und Dank an, da er es nicht für richtig hielt, das Märtyrertum aufzusuchen, wie viele seiner Zeitgenossen. Ihm war das Leben eine kostbare Gabe Gottes und er hatte kein Recht dazu es wegzuwerfen. So diente er dem Herrn des Himmels bis ins hohe Alter und erlebte noch Tage des neuen Friedens und Gedeihens der Christengemeinden. Er war durch Gottes Fügung einsam, ohne Frau und Kind, geblieben. Köstliche Ruhetage genoss er von Zeit zu Zeit im Hause der Schwester, um die sich Kinder und Enkel in inniger Liebe scharten. Er ging gern hinaus zum Begräbnisplatz der Christen. Ihm folgten einige der Kleinen, die die Blumenkränze trugen. Dort schmückten sie ein Grab, auf dessen Marmorstein der Name „Hanna“ stand. Darunter war der Spruch zu lesen: „Du leitest mich nach deinem Rat und nimmst mich endlich mit Ehren an!“

Bücher aus der Reihe **„Erzählungen von damals“**

ISBN 3-936894-23-x

Seiten 112

Seines Glückes Schmied

Vier lehrreiche Geschichten aus der alten Zeit für große und kleine Leser.

Seines Glückes Schmied

Veit Groß besitzt einen großartigen Hof. Über dem breiten Eingangstor steht in Goldbuchstaben: „Jeder ist seines Glückes Schmied“. „Ich brauche keinen Gott! Ich weiß mir in jeder Situation zu helfen!“ – meinte Veit. Doch eines Tages zerschlägt er mit eigener Hand das Glück, das er sich geschmiedet hatte… und erfährt, dass nur Einer den tiefen

Frieden und die große Freude im Herzen schenken kann.

Annelie

Annelie Aichlinger ist gerade drei Jahre alt geworden, als sie mit anderen Nachbarskindern von den Tscherkessen entführt wird. Kein Tag vergeht, ohne dass die Eltern für ihr verschwundenes Kind beten. Gottes Wege sind wunderbar, auch wenn sie manchmal durch dunkle Täler führen…

Chrillus

Die Geschichte vom Chrillus, dem jungen Märtyrer, ist die Lieblingsgeschichte von dem Neffen des Regierungsrates Wendland, dem kranken Joachim. Dieses Vorbild hilft ihm und auch den anderen Kindern ein Segen für die Umgebung zu werden.

Das rote Glas

Der Bahnhofswärter und seine Frau nehmen ein kleines von der Mutter verstoßenes Mädchen bei sich auf. Eines Tages wird die Bahnstation von Verbrechern überfallen. Unbewusst rettet die Kleine ihren Pflegevater.

Bücher aus der Reihe **„Erzählungen von damals“**

ISBN 3-936894-24-8

Seiten 80

Auf Seekönigs Thron

Schottland. Walter und Norman sind gute Freunde, doch sie haben einen sehr verschiedenen Charakter. Seit Norman verwaist ist, wohnt er bei Walters Eltern, die in wie ihr eigenes Kind aufnehmen und für Gott erziehen. Nach einiger Zeit lernt Walter den geheimnisvollen Jäger Dugal kennen und gerät auf Abwegen…

Wird Walter den Mut aufbringen gegen die listigen Vorschläge Dugals zu widerstehen?

Bücher aus der Reihe **„Erzählungen von damals“**

ISBN 3-936894-26-4

Seiten 80

Morgen zwischen acht und zehn

Ingeborg Schneider ist glücklich: ihr bietet sich eine Möglichkeit Chefsekretärin zu werden. Diese Freude muss sie sofort ihrer Mutter erzählen, die mit schwerem Herzleiden im Krankenhaus liegt: „Morgen zwischen acht und zehn muss ich eine Prüfung ablegen und wenn ich die höchste Punktzahl erreiche, werde ich Chefsekretärin!“ Die Kranke sieht ihr Kind an und denkt: „Morgen zwischen acht und zehn. Da kann ich ihr jetzt nicht sagen, dass ich gerade zu derselben Zeit auf dem Operationstisch liegen werde. Das würde sie beeinflussen und den Erfolg vielleicht in Frage stellen. Aber ich muss ihr noch einmal sagen, was das Wichtigste im Leben ist, dass alles an Gottes Segen gelegen ist. Ich weiß nicht, ob ich noch einmal Gelegenheit habe, es ihr zu sagen.“

Bücher aus der Reihe **„Erzählungen von damals“**

ISBN
3-936894-18-3

Seiten 96

Der lahme Walter

Am Rande eines schönen, wohlhabenden Dorfes liegt ein Waisenhaus. Die Mitarbeiter sind alle Christen und wollen die Kinder in der Furcht Gottes erziehen. Eines Tages kommt ein neuer „Bruder“ ins Waisenhaus – der lahme Walter. Sein Herz ist hart und rachsüchtig. Täglich steigen Gebete für den armen, irregeführten Walter zu Gottes Thron der Gnade auf, damit der Herr sein Herz verändern möge…

Als die neue Regierung nach dem Bürgerkrieg in Russland die Macht übernimmt, ändert sich die friedliche Atmosphäre im Kinderheim. Durch Gottes Gnade geschieht auch eine totale Veränderung in Walters Herzen…

Durch Verspottung und schreckliche Leiden werden der Glauben und die Treue der jungen Christen des Waisenhauses geprüft. Haben sie bestanden?

ISBN
3-936894-27-2

Seiten 128

Im Bauche des Walfisches

„Im Bauche des Walfisches" erzählt Geschichten von Männern und Frauen, die mit den großen Fragen des Lebens rangen. Sie fanden ihre Antworten in der Liebe zu Jesus Christus und im Gehorsam Ihm gegenüber.

Die meisten Geschichten spielen in der Reformationszeit. In dieser Zeit entstand die Täuferbewegung. Die Täufer waren bereit, auf alles Irdische zu verzichten und der Lehre Jesu zu folgen. Sie wurden von den Staatskirchen als Ketzer bezeichnet und verfolgt, obwohl ihre Lehre keine Irrlehre war. Sie versuchten lediglich Jesus in allen Dingen zu folgen, auch wenn das gegen allgemein gültige Ansichten war. Ihr Maßstab war das Neue Testament.